Luna de miel en Italia

Chantelle Shaw

Bianca™

HARLEQUIN™

Editado por HARLEQUIN IBÉRICA, S.A.
Núñez de Balboa, 56
28001 Madrid

I.S.B.N.: 978-84-671-6607-1
Depósito legal: B-36877-2008
Editor responsable: Luis Pugni
Preimpresión y fotomecánica: M.T. Color & Diseño, S.L.
C/. Colquide, 6 portal 2 - 3º H. 28230 Las Rozas (Madrid)
Impresión y encuadernación: LITOGRAFÍA ROSÉS, S.A.
C/. Energía, 11. 08850 Gavá (Barcelona)
Fecha impresion para Argentina: 30.3.09
Distribuidor exclusivo para España: LOGISTA
Distribuidor para México: CODIPLYRSA
Distribuidores para Argentina: interior, BERTRAN, S.A.C. Vélez
Sársfield, 1950. Cap. Fed./ Buenos Aires y Gran Buenos Aires,
VACCARO SÁNCHEZ y Cía, S.A.
Distribuidor para Chile: DISTRIBUIDORA ALFA, S.A.

Capítulo 1

AHÍ ESTÁ Tamsin Stewart, entrando por la puerta. Y mira cómo sale mi padre corriendo para recibirla. No puedo creer que se esté poniendo en ridículo de esa manera. ¡Si podría ser su hija!

El mordaz comentario hizo girar la cabeza a Bruno Di Cesare y mirar en dirección hacia la puerta del enorme salón de baile y la mujer rubia que acababa de entrar. Su primera impresión fue que la mujer no era para nada como él la había imaginado, y llevándose la copa de champán a los labios la estudió con detenimiento.

Cuando Annabel, la hija pequeña de su amigo y socio empresarial James Grainger, le llamó para decirle que su padre estaba teniendo una aventura con una cazafortunas, Bruno se imaginó una rubia de bote de cuerpo sinuoso apenas cubierto con un escotadísimo vestido ceñido y la piel excesivamente bronceada. Tamsin Stewart era rubia, desde luego, pero ahí terminaba la similitud con la imagen que se había hecho.

El vestido de seda, un elegante traje de noche largo en azul marino que marcaba ligeramente los senos y se deslizaba sobre el vientre liso y las suaves curvas de las caderas, resaltaba la esbelta figura de la mujer que acababa de entrar. Los ojos grandes dominaban el delicado rostro ovalado de la mujer, pero desde donde estaba Bruno no logró distinguir el color. La boca era grande y carnosa, terriblemente tentadora, y los labios estaban cubiertos de un pálido carmín rosado. La mujer llevaba el pelo recogido en un moño que remarcaba la garganta larga y esbelta, y el collar de diamantes que llevaba era casi tan impresionante como ella.

Era preciosa, reconoció Bruno, irritado por su reacción. Lo último que esperaba era sentirse físicamente atraído por una mujer que era claramente una cazafortunas con los ojos puestos en los millones de James Grainger.

Annabel tomó una copa de champán de la barra.

—Mírala, no se separa de él —dijo con asco bebiéndose la mitad de la copa de un trago.

Al otro lado del salón, Tamsin Stewart sonreía afectuosamente a James a la vez que le limpiaba una mota de confeti de la chaqueta. El gesto hablaba de una intimidad que iba mucho más allá de la relación normal, y Bruno apretó la mandíbula. En un primer momento había restado importancia a las acusaciones de Annabel de que su padre estaba encandilado con una mujer mucho más joven que él.

Sin embargo, Bruno había decidido investigarla y el informe que le presentaron le preocupó lo suficiente como para cancelar un viaje a Estados Unidos y volar a Inglaterra para asistir a la boda de la hija mayor de James.

El enlace de la primogénita del conde Grainger, lady Davina, con el honorable Hugo Havistock, se había celebrado en la capilla privada de la mansión familiar, Ditton Hall, seguida de una comida para familiares y amigos en un hotel cercano. Ahora otros doscientos invitados habían llegado al Royal Cheshunt para el baile, y una de ellas era Tamsin Stewart.

Annabel observó cómo su padre llevaba a la hermosa rubia a la pista de baile, y se volvió a Bruno.

—¿Lo ves? No me lo estoy imaginando —dijo furiosa—. Tamsin ha embrujado a mi padre.

–Si eso es cierto, tendremos que encontrar la manera de romper el embrujo, pequeña –murmuró Bruno.

–¿Pero cómo? –preguntó la joven. Lo miró con expresión desolada–. Creía que mi padre había comprado ese collar para mí –dijo antes de tomar otro largo trago de champán.

Frunciendo el ceño, Bruno estudió los diamantes que rodeaban el elegante cuello de Tamsin Stewart.

–Papá compró uno como éste para todas las damas de honor –continuó diciendo Annabel, tocándose la cadena de perlas que llevaba en la garganta–, pero en su estudio vi que tenía ese collar, y pensé que sería para mí. Cuando dijo que era para Tamsin, en agradecimiento por su trabajo en el apartamento de Davina, no me lo podía creer –Annabel estaba furiosa–. Si no hubiera decidido contratar a una diseñadora de interiores como parte del regalo de bodas de mi hermana, nunca lo hubiera conocido.

Annabel apuró la copa e hizo una señal al camarero para que volviera a servirle. Bruno la miró preocupado. Aunque Annabel acababa de cumplir dieciocho años y tenía edad legal para consumir bebidas alcohólicas, estaba bebiendo demasiado.

–Oh, Bruno, no sé qué hacer. No me extrañaría que Tamsin tuviera planes de convertirse en la próxima lady Grainger. Papá lo ha pasado muy mal desde que murió mamá –dijo con un nudo en la garganta–. No soportaría que esa pelandusca le hiciera daño.

–No se lo hará, porque yo no lo permitiré –le aseguró Bruno.

Conocía a Annabel y Davina desde niñas, cuando Lorna y James Grainger le invitaron a alojarse en su mansión de Ditton Hall en sus frecuentes viajes de negocio a Inglaterra. También sabía que la muerte de Lorna, víctima de un cáncer cuando todavía estaba en la flor de la vida, había sido un duro golpe para James y sus hijas, hacia las que sentía un impulso protector.

Bruno bebió otro trago de champán mientras seguía con los ojos los movimientos de James y Tamsin en la pista de baile y recordó lo que sabía de ella. Tasmin tenía veinticinco años y llevaba dos años divorciada. Después de terminar la universidad había trabajado para una empresa de diseño londinense donde se había labrado una buena reputación como diseñadora, y recientemente se había incorporado a la empresa inmobiliaria y de diseño de su hermano, Spectrum.

Estaba casi seguro de que el cambio de Tamsin a Spectrum tuvo que significar una importante reducción de salario, pero la mujer tenía gustos caros, y Bruno sentía curiosidad por saber cómo había podido permitirse un coche nuevo y dos semanas de vacaciones en un lujoso complejo hotelero de Isla Mauricio, por no mencionar su gusto por la ropa de marcas exclusivas. El vestido que llevaba aquella noche era de una prestigiosa casa de moda, no la Di Cesare, y su precio estaba muy por encima de sus posibilidades económicas. Alguien tenía que habérselo comprado, y Bruno podía imaginarse perfectamente quién.

Sabía que James Grainger quedaba todas las semanas en Londres con Tamsin. ¿Fue entonces cuando ella aprovechó para llevarlo de compras y aumentar de paso su guardarropa?

Claro que ir de compras era una cosa. Otra muy distinta era invertir una importante cantidad de dinero en la empresa de su hermano. Hacía un mes Spectrum Development and Design había estado al borde de la bancarrota, pero en el último momento James invirtió un montón de dinero para salvarla. Bruno también sabía que los asesores financieros de James se opusieron tajantemente al acuerdo, pero James se negó a escucharlos.

La atracción sexual podía convertir al empresario más astuto en un tonto, reconoció Bruno con amargura. Su padre fue buena prueba de ello al casarse con una mujer a la que doblaba en edad. Miranda había provocado la caída de Stefano Di Cesare tanto a nivel profesional como personal, y lo que era peor, la superficial actriz de segunda fila había logrado enemistar a Bruno con su padre, un enfrentamiento que no se resolvió antes de la muerte de Stefano.

Bruno tenía veintipocos años cuando su padre volvió a casarse y en un principio se esforzó por llevarse bien con Miranda, a pesar de que su instinto le decía que ella sólo se había casado por dinero. Y no se equivocó. Ahora ese mismo instinto le decía que Tamsin Stewart era otra Miranda, experta en manipular las emociones de un hombre mayor y vulnerable.

Al otro lado del salón, Tamsin Stewart reía con James, ajena al resto de las parejas que bailaban a su alrededor.

—Estaba casada con el hermano de una de mis amigas —murmuró Annabel a su lado—. Carolina me dijo que se lanzó a por Neil en cuanto se enteró de que era un empresario que ganaba una fortuna en la ciudad. Menos mal que Neil se dio cuenta de su error al poco de casarse, cuando ella se quejaba de que él trabajaba mucho pero no le importaba gastarse su dinero —explicó—. Encima, cuando él quiso divorciarse de ella, ella le dijo que estaba embarazada.

—¿O sea, que tiene un hijo? —preguntó Bruno.

—Oh, no —respondió Annabel—. Neil se divorció de ella, pero no sé qué pasó con el niño. Carolina cree que Tamsin se lo pudo inventar todo para retener a Neil, pero no logró engañarlo. Y ahora papá quiere redecorar todo Ditton Hall y que lo haga Tamsin —añadió con rabia—. A mamá le gustaba tal y como está y yo no soportaría que se mudara allí. Tendría que irme y vivir en la calle.

La sola imagen de la caprichosa Annabel pasando por dificultades económicas era irrisoria, pero Bruno era consciente de que la muerte de su madre la había afectado profundamente y entendía que la relación de su padre con Tamsin Stewart le doliera en lo más hondo.

Apretando los labios, sujetó a Annabel y la llevó hacia la pista de baile.

–Tu padre nunca haría nada que te molestara, y tú desde luego no tendrás que dejar Ditton Hall –le aseguró–. Ahora creo que ya es hora de que me presente a la encantadora señorita Stewart.

Tamsin miró preocupada a James Grainger. Estaba demacrado, y parecía agotado.

–Después de este baile creo que debes sentarte y descansar. Debes de llevar todo el día de pie, y ya sabes lo que dijo el médico sobre el cansancio.

James se echó a reír pero no discutió con ella.

–Sí, enfermera. Hablas como mi mujer –dijo, y enseguida su sonrisa se desvaneció–. Hoy Lorna hubiera estado como pez en el agua, organizándolo todo. Le habría encantado.

–Lo sé –dijo Tamsin–, pero tú lo has hecho maravillosamente con la boda. Davina está radiante y estoy segura de que ninguna de las dos sospecha nada –se mordió los labios y después murmuró–: Pero, James, creo que deberías decírselo, si no ahora, cuando Davina y Hugo vuelvan de la luna de miel.

–No –negó con firmeza James–. Hace año y medio perdieron a su madre por el cáncer, y no pienso decirles que me han diagnosticado la misma enfermedad. Al menos todavía no –añadió al ver que Tamsin abría la boca para protestar–. Hasta que vuelva a ver al especialista y me diga a qué debo atenerme. No quiero preocuparlas sin necesidad. Annabel sólo tiene dieciocho años. Prométeme que no les dirás nada, ni a mis hijas ni a nadie –le suplicó él.

Tamsin asintió muy a su pesar.

–No, claro que no, si eso es lo que quieres. Pero el viernes iré contigo al hospital. La última sesión de quimioterapia te afectó muchísimo. Puede que me equivoque, pero tengo la sensación de que a Annabel no le hace mucha gracia que nos veamos, sobre todo ahora que ya no podemos fingir que hablamos de la decoración del apartamento de Davina. Si supiera que tus viajes a Londres son al hospital...

–No –insistió de nuevo James–. No quiero asustarla. Pero ahora –añadió más animado– le he dicho que nos vemos para hablar de la redecoración de Ditton Hall.

–Sí –dijo Tamsin–. Me temo que eso es lo que le ha molestado.

Pero ella no podía hacer nada. Conoció a James cuando éste la contrató para diseñar el nuevo apartamento de su hija, y enseguida se dio cuenta de que bajo su agradable encanto había un hombre al borde de la desesperación por la pérdida de su esposa. Entre ellos se creó un vínculo de amistad especial que llevó incluso a James a confiar en ella cuando le fue diagnosticado un cáncer de próstata. Pero ahora ella tenía el presentimiento de que a Annabel le molestaba su relación.

Suspirando, se llevó los dedos con gesto nervioso a la garganta, para comprobar que el carísimo collar que llevaba seguía en su sitio.

–Deja de toquetearlo. Está bien –le reprendió James.

–Me da miedo perderlo –dijo–. Lo mejor será que me lo quite y te lo devuelva.

–Ya te he dicho que es un regalo.

–Y yo que no puedo aceptarlo. Tiene que haber costado una fortuna –protestó Tamsin–, y no me parece apropiado quedármelo.

–Sólo es mi forma de agradecer tu apoyo en estos últimos meses –insistió James–. No sé qué hubiera hecho sin ti. Te hubieras llevado bien con Lorna –añadió con voz cargada de tristeza.

Tamsin asintió con un nudo en la garganta y, dejándose llevar por un impulso, se inclinó hacia él y le dio un beso en la mejilla.

–Lo he hecho porque somos amigos, y no quiero que me lo pagues regalándome joyas caras –dijo ella–, pero gracias. El collar es precioso.

–Papá, no has bailado conmigo ni una sola vez.

Al oír la voz mimosa a su espalda, Tamsin se volvió y se encontró con Annabel Grainger, que la miraba sin ocultar su desdén. Rápidamente se apartó de James, pero al dar la vuelta para alejarse se topó con una pared de músculos envuelta en seda, y cuando levantó la cabeza se encontró con los ojos negros del acompañante de Annabel clavados en ella.

Su primera impresión fue que nunca había visto a un hombre como él. La belleza masculina la dejó sin aliento y quedó inmóvil, con los ojos clavados en los de él, absorbiendo el impacto de la estructura ósea perfectamente esculpida y la tez bronceada. La mandíbula era cuadrada, y apuntaba una implacable determinación a conseguir lo que se proponía, pero la boca era ancha y sensual, y Tamsin sintió el inexplicable impulso de trazar la curva del labio superior con los dedos.

Gradualmente notó que su cuerpo cobraba vida con un anhelo que se iniciaba en el estómago y se extendía por todo su cuerpo, debilitándole las piernas con un deseo escandalosamente fiero y totalmente inesperado. El destello en los ojos color ébano del hombre le hizo saber que él estaba leyendo sus pensamientos, y sintió que le ardía la cara.

Era un hombre excepcionalmente alto, enfundado en un traje gris oscuro que resaltaba su estatura y la anchura de los hombros, e incluso cuando se apartó de él musitando una disculpa, se sintió abrumada por su poderosa virilidad.

–Disculpa, cielo, pero creía que estabas divirtiéndote con tus amigas –se disculpó James a su hija.

–Me temo que, ahora que Davina se ha casado y está a punto de dejar Ditton Hall, Annabel necesita desesperadamente a su papá.

El acento del hombre era inconfundiblemente italiano, y su voz rica y sensual, pero a Tamsin no se le pasó por alto el ligero tono de reproche en la voz y James también debió oírlo.

–Ven y baila conmigo, cielo –dijo jovialmente a su hija–. Tamsin, ¿te importa que cambiemos de pareja? Sé de buena fuente que Bruno es un excelente bailarín.

Se hizo un silencio y Tamsin se tensó, incapaz de mirar al hombre a la cara. Su cercanía la hacía temblar y temió que, si bailaba con él, el hombre se daría cuenta del efecto que tenía en ella.

–Creo que aprovecharé este baile para descansar –murmuró sin dejar de mirar a James–. Tú ve a bailar con tu hija.

James sacudió la cabeza.

–Por el amor de Dios, ¿dónde están mis modales? No os he presentado. Tamsin, éste es Bruno Di Cesare, presidente del imperio de moda Casa Di Cesare y muy buen amigo mío. Bruno, te presento a Tamsin Stewart. Es una diseñadora de interiores con mucho talento.

Annabel tiró de su padre con impaciencia.

–Vamos, papá. Quiero tomar algo –dijo en voz alta, pero Tamsin apenas la oyó.

La música y el resto de los invitados que llenaban la pista de baile desaparecieron y fue como si sólo existieran Bruno Di Cesare y ella.

–Señorita Stewart.

La voz masculina se hizo más grave y distante, y Tamsin se estremeció. Quizá fuera su estatura lo que le daba un aspecto tan intimidador, o quizá la dureza de sus facciones o el cinismo en su sonrisa.

–¿O puedo llamarla Tamsin? –continuó él extendiendo la mano y envolviéndole los dedos con firmeza–. Espero poder persuadirla de que baile conmigo –murmuró con su acento sexy y tentador, esta vez sin rastro de frialdad.

Tamsin tuvo la sensación de que aquel hombre sería capaz de persuadirla de cualquier cosa. No se había sentido así desde... desde nunca. Ni siquiera cuando conoció a su marido.

Neil la atraía, por supuesto, y a medida que su romance avanzaba se fue enamorando de él progresivamente, pero nunca experimentó una intensidad sexual tan primaria y potente como la que ahora corría por sus venas.

Con un respingo se dio cuenta de que estaba mirando a Bruno Di Cesare con la boca entreabierta y se ruborizó. Se estaba portando como una adolescente en su primera cita, y tuvo que hacer un esfuerzo monumental para devolverle la sonrisa y recuperar la compostura.

–Gracias –murmuró–. Será un placer.

Sin soltarle la mano, Bruno le rodeó la cintura con el otro brazo y la pegó contra su cuerpo sólido y fuerte. Tamsin sentía el calor que emanaba del cuerpo masculino y la reacción de su propio cuerpo. Horrorizada, sintió un cosquilleo en los senos y notó como se le endurecían los pezones bajo la tela sedosa del vestido y se marcaban de forma perceptible.

Bruno notó las señales que mandaba el cuerpo de Tamsin y le clavó los ojos en la cara. Hacía unos momentos, antes de que James los presentara, ella apenas lo había mirado, pero ahora que sabía que era el dueño de un potente conglomerado internacional su actitud ya no parecía tan distante sino mucho más dispuesta y acomodaticia. Y si no, no había más que fijarse en el gesto de humedecerse el labio inferior con la punta de la lengua en una invitación inequívoca que provocó en él una respuesta instantánea en su cuerpo.

El dinero era un potente afrodisíaco, pensó él con sarcasmo y sonrió. Entonces vio como las pupilas de Tamsin Stewart se dilataban y ella se ruborizaba. Muy inteligente, pensó, e imaginó que tras la farsa de mujer ingenua había una persona muy lista.

Era hermosa, sí, pero no debía olvidar que era una cazafortunas detrás del dinero de James. Sin duda era igual que su madrastra, un parásito que no dudó en aprovecharse de un hombre mayor y vulnerable para lograrlo. Aunque intelectualmente sólo sentía desprecio hacia ella, su cuerpo no parecía tan exigente, y no pudo evitar la inconfundible reacción física al imaginarse besándola y bajando el vestido hasta la cintura para acariciarle los pezones con la lengua.

El deseo que sentía por ella era una irritante complicación, pero tuvo la impresión de que Tamsin Stewart era tan consciente de la atracción que había entre ellos como él. Bruno tensó la mandíbula y se prometió que, aunque fue incapaz de salvar a su padre de las garras de Miranda, esta vez no quedaría de brazos cruzados viendo a James cometer la misma equivocación.

Al ver los diamantes que colgaban del cuello de
Tamsin, se enfureció aún más y se preguntó qué más le
habría sacado. James era un hombre extraordinaria-
mente rico, pero la innegable atracción que ella sentía
por él le proporcionaba un arma ideal para frustrar sus
planes, y él no tendría ningún reparo en usarla.

Capítulo 2

OSEA, que eres diseñadora de interiores? Annabel me ha dicho que has redecorado el apartamento de Davina y Hugo –dijo Bruno bajando la cabeza, tan cerca de su cara que le acariciaba la mejilla con el aliento.

–Sí –murmuró ella distraída, tratando de apartarse un poco.

Sentía la mano masculina en la cadera, pegándola sinuosamente a él y apenas podía pensar con lucidez. La cabeza le daba vueltas y se dijo que debió ser a causa de la copa de champán que se tomó al llegar a la recepción, y no a la embriagadora presencia del hombre que la sujetaba contra su pecho.

Con desmayo se preguntó que más le habría contado Annabel de ella. La hermana de Davina nunca se había mostrado especialmente amable con ella, aunque eso no le sorprendía, dado que era íntima amiga de Carolina Harper, la hermana de Neil, que nunca aceptó su matrimonio y resentía amargamente la presencia de Tamsin en la vida de su hermano. Tamsin era consciente de la dolorosa infancia de Carolina a causa del doloroso y complicado divorcio de sus padres y de la dependencia emocional que tenía de su hermano, pero los infundados celos de la joven fueron uno de los muchos factores que influyeron negativamente en su relación con Neil.

–Me sentí muy honrada cuando James me encargó

el diseño del apartamento –explicó ella levantando sus transparentes ojos azules hacia Bruno y sonriendo–. Es el primer hogar de Davina y Hugo como matrimonio, y quería que fuera especial.

Sí, y además le había dado la oportunidad de congraciarse con un hombre muy rico, pensó Bruno cínicamente, irritado al descubrir que los ojos de Tamsin le recordaban el azul cobalto del cielo de la Toscana en verano.

–¿Así que conociste a los Grainger a raíz de ese encargo? –preguntó él.

La sensual sonrisa del hombre le impedía pensar con claridad, pero Tamsin detectó un leve matiz en su voz que la desconcertó y la hizo plantearse a qué se debía tanto interés en su relación con los Grainger.

–Sí. Trabajé en continuo contacto con Davina y Hugo, y terminamos haciéndonos amigos. Por eso me invitaron a la recepción.

–Y por lo que me ha dicho Annabel, también eres amiga de James.

Una vez más, Tamsin detectó un leve tono de censura en su voz y decidió que ya estaba cansada de tanta insinuación.

–James Grainger es encantador, y me gustaría pensar que somos amigos.

Tamsin se ruborizó al recordar su promesa a James de no revelar su secreto a nadie.

Probablemente Bruno tampoco lo sabía, y no era ella quien debía contárselo.

–Coincidimos varias veces en el piso y hemos comido juntos en un par de ocasiones –titubeó un momento bajo la presión de la mirada masculina–. Creo que James se siente muy solo desde que perdió a su esposa –añadió–. Y creo que necesitaba hablar de ella.

–Y estoy seguro de que tú le ofreciste un hombro en el que llorar –concluyó Bruno.

Tamsin entornó los ojos, preguntándose qué querría decir con eso, pero él levantó una mano y le deslizó un dedo desde la mejilla a la garganta, hasta detenerse en el collar de diamantes.

–Esto es casi tan exquisito como la mujer que lo lleva –murmuró él con un sensual destello en los ojos–. Tienes un gusto exquisito, *bella*, para elegir una joya como ésta.

–Oh, yo no lo he comprado. Ha sido un regalo –dijo Tamsin.

No había motivos para ocultar que era un regalo de cumpleaños de James, pero Tamsin tuvo el presentimiento de que Bruno no lo vería así y sería imposible explicarle que James se lo había regalado en agradecimiento por las horas que había estado con él en el hospital sin revelar su secreto.

–Un regalo de tu amante, supongo.

¿Le estaba tomando el pelo? Tamsin negó con la cabeza, perpleja.

–No tengo amante –susurró ella, incapaz de apartar los ojos de la sensual curva de la boca masculina.

–Eso me resulta difícil de creer, *cara* –la voz aterciopelada de Bruno le acarició todos los sentidos y él se acercó aún más a su cara, hasta rozarla con la mandíbula–. Pero seguramente quien te lo regaló espera que seas su amante.

–No –negó ella tajante, echando la cabeza hacia atrás.

James era un amigo que todavía lloraba la pérdida de su esposa, y la idea de que le había regalado el collar por algún motivo oculto era espantosa. Además, no entendía el interés de Bruno en el collar.

Trató de apartarse, pero él se lo impidió apretándola con firmeza contra su cuerpo.

–En este momento no hay ningún hombre en mi vida. ¿Satisface eso tu curiosidad?

–Totalmente –respondió él con un tono tan grave e intenso que le erizó el vello de la nuca de punta–. Y me complace enormemente que no haya ningún hombre en tu vida, Tamsin. Porque eso significa que estás libre para estar conmigo.

–¿Qué? –dijo ella, estupefacta–. Nos hemos conocido hace apenas cinco minutos.

–Pero la atracción entre los dos ha sido instantánea –afirmó Bruno con una firmeza inapelable–. La química sexual entre nosotros está en su máxima expresión.

Para demostrarlo, Bruno le deslizó las manos por la espalda hasta la base de la columna vertebral y la pegó contra él, poniéndola en contacto directo con la evidente erección que ella le había provocado. Tamsin debió sentirse escandalizada, pero para su vergüenza lo único que pudo pensar fue que la ropa que llevaban ambos era una barrera indeseada, y anheló sentir la piel cálida y desnuda de Bruno contra la suya.

–La atracción que existe entre un hombre y una mujer es innegable –murmuró él–. Tú me deseas y yo te deseo a ti. ¿Qué puede ser más simple o más sincero?

Sería muy fácil dejarse llevar por el seductor encanto de Bruno Di Cesare, reconoció Tamsin. Si era sincera, reconocería que parte de ella deseaba sucumbir al magnetismo masculino y seguirlo totalmente a ciegas donde él quisiera, probablemente, a juzgar por la intensidad de su mirada, directamente a su cama. Nunca había conocido a un hombre como él. Desde que se divorció, dos años atrás, ni siquiera había tenido una cita romántica, y aunque no podía negar la atracción que sentía por él, la experiencia le había enseñado a ser prudente.

Afortunadamente la música se interrumpió y ella aprovechó para zafarse de sus brazos.

–Creo que iré a ver el bufé –dijo ella–. Estoy hambrienta. Seguro que no tardarás en encontrar otra pareja –añadió con frialdad, pues en todo momento había sido consciente de los numerosos pares de ojos femeninos que seguían a Bruno continuamente.

Siguiendo la mirada femenina, él volvió los ojos hacia el extremo opuesto del salón. Allí estaba James, dirigiéndose a la puerta del comedor en la sala contigua. Por el momento, en su mirada brilló un desprecio infinito que enseguida desapareció. Tamsin creyó que lo había imaginado. Bruno la soltó, pero no se separó de su lado sino que la siguió hasta el comedor donde estaba el bufé en una mesa alargada que se extendía prácticamente de extremo a extremo.

–Disculpa mi impaciencia, Tamsin –se disculpó él con voz ronca–. Me temo que te he ofendido, pero mi única excusa es que tu encanto me deja sin aliento –le entregó un plato y estudió la variedad de canapés delante de ellos–. Yo también estoy hambriento.

Tamsin torció los labios. Bruno era un seductor nato, pero ella era consciente de que todo era parte de un juego. Ella era una mujer atractiva, sí, pero había otras mujeres mucho más guapas que ella en la recepción, y Tamsin no podía creer que él estuviera verdaderamente interesado en ella.

Bruno Di Cesare era un donjuán, se recordó, haciendo un repaso a lo que aparecía en la prensa, tanto la económica como la sensacionalista. El presidente de la Casa Di Cesare aparecía con frecuencia en ambas. Sabía que era el presidente de una empresa de marroquinería creada hacía ochenta años por Antonio Di Cesare. A lo largo de los años las empresas se había ido diversificando hasta convertirse en un icono de la moda, y también contaba con una línea de productos para el hogar, desde innovadores muebles de diseño a exquisitas vajillas y cubertería que vestían las mesas más exigentes del planeta. El principal punto de venta de la marca Di Cesare en Inglaterra eran los grandes almacenes Grainger en Knightsbridge, lo que explicaba la amistad de Bruno con James.

Bruno vivía en un mundo totalmente distinto al suyo. Era un multimillonario admirado por sus colegas en los consejos de administración y por sus amantes en la cama. Estaba acostumbrado a tener lo que quería, tanto en los negocios como con las mujeres, pero si creía que con un simple chasquido de dedos iba a conseguirla, estaba muy equivocado, se dijo Tamsin con firmeza.

James estaba sentado en una de las mesas del comedor y Tamsin se dirigió hacia él, pero Bruno se apresuró a colocarse a su lado y llevarla hacia una mesa vacía en un rincón, donde le retiró la silla y la invitó a sentarse. Un camarero apareció con una botella de champán en un cubo de hielo. Bruno sirvió las dos copas, le entregó una, y después alzó la suya con una sonrisa que a Tamsin le recordó a un lobo preparándose para devorar a su presa.

–¿Por qué brindamos, Tamsin? –preguntó él con su seductora voz–. ¿Por nosotros y por ver hasta dónde nos lleva esta atracción sexual que hay entre nosotros?

–Por supuesto que no –respondió ella rápidamente–. Deberíamos brindar por los novios y desearles un largo y próspero matrimonio –dijo, pero su voz se quebró levemente al recordar su fallido matrimonio.

Su fugaz matrimonio resultó una lección que le dejó el corazón herido y el orgullo hecho jirones. A los veintiún años, cuando Neil Harper apareció en su vida, Tamsin se dejó impresionar por el apuesto y ambicioso banquero y aceptó encantada su proposición de matrimonio seis meses más tarde. Pero el cuento de hadas terminó un año después de la boda, cuando la abandonó por una glamurosa agente de bolsa llamada Jacqueline.

El día de su boda Tamsin estaba convencida de que su amor por Neil sería eterno, y tardó un año, exactamente el día de Nochebuena cuando él dejó el hogar que compartían y le dijo que iba a pedir el divorcio, en saber que su relación con Jacqueline era anterior a la boda y que había continuado en cuanto regresaron de su luna de miel. El matrimonio fue una farsa desde el principio, reconoció para sus adentros sin darse cuenta de que Bruno la observaba con detenimiento.

–¿A qué viene esa cara? –preguntó él–. ¿Crees que el matrimonio de Davina y Hugo no durará?

–Oh, estoy segura de que sí. Desde luego eso espero. Se quieren mucho –murmuró Tamsin–. Y eso es lo más importante, ¿no?

–¿Tú crees? –preguntó él con curiosidad–. Me temo que no soy un experto en el amor ni en el matrimonio, pero la experiencia me ha enseñado que para muchas mujeres el matrimonio sólo es una manera muy conveniente de conseguir seguridad económica, ya sea en el matrimonio o después, con el divorcio.

Tamsin dejó en el plato el trozo de quiche de espinacas que iba a llevarse a la boca. Estaba segura de que, si lo comía, se atragantaría.

–¡Qué espantosamente cínico eres! No creo que ninguna mujer se case por conseguir seguridad económica –protestó–. Estoy segura de que Davina no se ha casado con Hugo por su dinero, y desde luego yo me casé con mi esposo porque estaba enamorado de él, no por su cuenta bancaria.

Bruno la miró con desconfianza.

–Ah, sí, Annabel mencionó que estuviste casaba, pero tengo entendido que ahora estás divorciada.

–Sí –dijo Tamsin bajando los ojos e ignorando su mirada.

Las razones de la ruptura de su matrimonio todavía eran muy dolorosas y no tenía la menor intención de comentarlas con un desconocido.

–Y sin embargo tú eres optimista con el matrimonio de Davina y Hugo –dijo Bruno encogiéndose de hombros–. Después del fracaso de tu matrimonio, ¿no debería ver los fallos de una institución tan anticuada? ¿De verdad crees que es posible ser fiel a una persona toda la vida?

–Sí, desde luego. A pesar de lo que me ocurrió, para mí el matrimonio es una institución maravillosa –le aseguró ella mirándolo directamente a los ojos esta vez–. Y espero conocer algún día a un hombre con quien pueda compartir mi vida, al margen de que sea rico o pobre –añadió con fiereza.

–Un sentimiento admirable, *cara* –dijo él con voz sedosa.

Las palabras de Tamsin eran convincentes, pero Bruno seguía manteniendo sus sospechas acerca de sus intenciones con James. Por Annabel sabía que Tamsin había recibido una generosa indemnización de su ex marido tras el divorcio, por lo que no era de extrañar que fuera una defensora tan entusiasta del matrimonio. Miranda Maughn había utilizado todos sus encantos femeninos para llevar a su padre al altar. ¿Serían ésas las intenciones de Tamsin? Era la única explicación creíble para su amistad con un hombre vulnerable casi cuarenta años mayor que ella.

Bruno sirvió más champán en la copa de Tamsin ignorando sus protestas con una amplia sonrisa que la ruborizó.

–No tienes que conducir, ¿verdad? –preguntó él cuando ella se llevó la copa a los labios con dedos que temblaban visiblemente–. ¿Dónde te alojas, aquí o en Ditton Hall?

–Oh, aquí –respondió ella–. James me invitó a quedarme en su casa, pero tiene muchas visitas y pensé que sería mejor reservar una habitación en el hotel. ¿Y tú?

–También tengo una habitación aquí –dijo él–. ¿Quién sabe? Quizá desayunemos juntos mañana.

–Eso me parece muy poco probable –respondió ella tratando de ocultar lo mucho que le afectaba la idea de desayunar con él, en su cama.

Bruno se apoyó en el respaldo de la silla y la estudió en silencio. Tamsin se ruborizó de nuevo y él observó con fascinación como la piel cremosa se teñía de un inocente tono rosado. Las mujeres sofisticadas con las que normalmente se relacionaba nunca se ruborizaban, aunque era un truco muy hábil, reconoció él. Con los ojos muy abiertos y las mejillas encendidas, Tamsin Stewart tenía todo el aspecto de una mujer ingenua y con poco mundo, pero dudaba que ésa fuera la verdadera Tamsin. Bajó los ojos hasta sus senos y curvó los labios en una cínica sonrisa al ver los pezones endurecidos que se marcaban bajo la tela del vestido.

Convencerla de que él era una opción mejor que el conde prometía tener sus compensaciones, decidió acomodándose en la silla.

–Háblame de ti –le invitó cuando ella apartó el plato, que apenas había tocado–. ¿Tienes familia?

Tamsin no entendió por qué se lo preguntaba, pues dudaba que le interesaran los aburridos detalles de su vida, pero al menos una conversación superficial le ayudaría a ignorar la intensa reacción química que había entre ellos.

–Tengo dos hermanas, felizmente casadas con mis dos cuñados –le dijo ella–, y un hermano, Daniel, para quien trabajo.

–Ah, sí, Spectrum –murmuró Bruno, y una vez más Tamsin creyó detectar un matiz en su voz que la desconcertó–. ¿Qué tal va el negocio? Tengo entendido que el mercado inmobiliario en Inglaterra pasa por un momento difícil.

–Yo me concentro en lo referente al diseño de interiores –explicó ella–. Mi hermano es quien se ocupa de comprar y vender las propiedades, pero todo parece ir bien –replicó ella con una sonrisa–. Daniel acaba de comprar un ático en Chelsea que pensamos rehabilitar y vender.

–Para ese tipo de negocio hace falta mucho capital –comentó Bruno–. ¿De dónde lo sacáis, de algún banco, o de inversores privados?

–Pedimos préstamos al banco, por supuesto. Aunque no estoy segura sobre los inversores privados –respondió Tamsin que, aunque llevaba un año en Spectrum, apenas conocía los entresijos financieros de la empresa.

Bruno la observaba con intensidad, y ella rápidamente decidió cambiar de conversación.

–¿Y tú, tienes familia? –le preguntó.

–Mis padres murieron hace un tiempo –respondió él–. Tengo una hermana que es un par de años mayor que Annabel Grainger –explicó tensando la mandíbula al recordar amargamente la decepción de su hermana Jocasta cuando su padre se casó con Miranda.

Su madrastra había destrozado la familia, recordó con amargura. Sus ojos cayeron sobre el collar de diamantes de Tamsin y recordó que su padre regaló a su joven esposa casi todas las joyas de su madre, joyas que debía haber heredado Jocasta. De hecho, no hacía mucho que Bruno había pagado a su madrastra cinco veces su valor por el juego de collar y pendientes de rubíes que su madre llevó el día de su boda. Además, Stefano murió sin hacer testamento, por lo que su segunda esposa lo había heredado todo.

A Bruno no le interesaba el palacio familiar de Florencia, pero sí quería recuperar las joyas de su madre. Afortunadamente, Miranda necesitaba dinero en efectivo para mantener su lujoso estilo de vida y estaba dispuesta a vender lo que fuera, por un buen precio, claro. La avaricia de su madrastra le repulsaba.

–¿Ocurre algo? –preguntó Tamsin al verlo serio, con la boca apretada y la mirada dura como el pedernal, totalmente perdido en su propio mundo.

La voz femenina pareció devolverlo al presente y él se obligó a relajarse, pero a pesar de la sonrisa que le ofreció, Tamsin se estremeció.

–Todo está perfectamente. ¿Te apetece más champán?

–No, gracias –Tamsin apartó rápidamente la copa sin darle tiempo a servirle más.

No solía beber alcohol, y ahora después de dos copas la cabeza le daba vueltas. Miró hacia donde estaba James, esperando que no estuviera demasiado cansado, pero su amigo ya se había ido.

–¿Volvemos al baile? –preguntó Bruno poniéndose en pie y levantándola con él.

–Por favor, no te sientas obligado a quedarte conmigo –dijo Tamsin, desesperada por huir de él y de una masculinidad que la turbaba más que nada en el mundo–. Estoy segura de que querrás hablar con otros invitados.

–Al contrario, *cara*. Aquí sólo hay una mujer con quien deseo hablar –le aseguró con voz pastosa, y antes de que pudiera protestar, él la tomó en sus brazos y la pegó a su cuerpo.

A partir de aquel momento, la velada se tornó en una especie de ensueño en el que ella se dejó atrapar. Varias veces vio a James, pero cada vez que intentó apartarse de Bruno para ir a ver cómo se encontraba, él la sujetaba con fuerza por la cintura, diciéndole en broma que no pensaba separarse de ella en toda la noche.

—Me gustaría hablar con James —dijo ella—. Apenas he hablado con él.

—Creo que deberías dejarlo con Annabel —respondió Bruno con dureza—. Ella echa mucho de menos a su madre, y ahora que Davina se ha casado, va a necesitar a James más que nunca.

Tamsin pensó que Annabel parecía encantada rodeada de un grupo de amigos, pero Bruno no dejaba de acariciarle la espalda y a ella le resultaba difícil pensar en algo que no fuera el sensual movimiento de sus dedos. Era consciente de que debía detener aquella locura y exigir que la soltara, pero su cuerpo parecía haber desarrollado una voluntad propia y, en lugar de apartarlo, se relajó y pegó más a él, de tal manera que su pelvis entró en contacto directo con la de él. La firme protuberancia de su erección estaba tan dura que Tamsin se tambaleó. Él la sujetó con más fuerza por la cintura y la apretó contra él.

—Créeme, no eres la única que está en una situación un tanto embarazosa —murmuró él—. Tenemos que salir de aquí, ahora mismo.

Sin otra palabra, la sujetó de la mano y tiró de ella hasta la amplia terraza que recorría toda la extensión del salón de baile. Allí la llevó a un recoveco medio oculto por las rosas y enredaderas que crecían por la pared formando una acogedora enramada. La última copa de champán no había sido una buena idea, pensó ella cuando Bruno la volvió hacia él. Sin embargo, la embriaguez que sentía no era de alcohol sino del intenso deseo que él despertaba en ella. Tras dos años de sentirse un fracaso como mujer, la abrasadora pasión sexual en la mirada de Bruno estaba logrando devolverle parte del orgullo y la confianza que su ex marido le había arrebatado.

Tamsin lo miró sin darse cuenta de que la expresión entre esperanzada e incierta de sus ojos unida al ligero temblor del labio inferior la hacía irresistible. Bruno murmuró algo en italiano y la apretó contra él. Tamsin no se resistió. Clavada en el suelo, esperó mientras él bajaba lentamente la cabeza.

Los labios masculinos eran cálidos y firmes, y exigían una respuesta que ella fue incapaz de negar cuando él le sujetó la nuca con la mano y le echó ligeramente la cabeza hacia atrás para besarla. Él le acarició los labios con la lengua, queriendo entrar, hasta que ella capituló con un gemido y abrió la boca.

Una sensación de ardor le recorrió todas las venas del cuerpo y Tamsin sintió los senos hinchados y ultrasensibles cuando las puntas de los pezones se alzaron erectas contra la tela sedosa del vestido. En ese momento perdió toda noción del tiempo y del lugar, consciente únicamente del calor de la piel masculina y el olor que inundaba sus sentidos. Quería que el beso durara siempre y deseó casi con desesperación sentir las manos de Bruno en su cuerpo. Cuando se dejó caer hacia él, él le tomó un seno con los dedos y ella gimió suavemente, pero segundos más tarde él se apartó y la miró con los ojos ensombrecidos por el deseo, jadeando descontroladamente.

–Dios, eres una hechicera –masculló él perplejo, casi con irritación, y la sujetó con fuerza por los hombros como si quisiera apartarla de él.

–¿Bruno? –susurró ella, sin entender por qué de repente parecía tan encolerizado, preguntándose si había hecho algo mal.

Las constantes infidelidades de Neil parecían ser prueba evidente de que ella era incapaz de complacer a un hombre. Avergonzada, trató de apartarse de él, pero él se lo impidió pegándola a él de nuevo.

—Esto es de locos —gruñó él con la voz pastosa y entrecortada.

Se quedó mirándola unos segundos antes de bajar la cabeza y volver a unir sus bocas con una pasión totalmente desbocada y escandalosamente primitiva.

Tamsin no estaba preparada para la intensidad del deseo que se apoderó de ella, un deseo que le escaldaba la piel y hacía añicos todas sus dudas e inhibiciones, más aún cuando Bruno relajó un poco el contacto y el beso se convirtió en una caricia lenta y prolongada que resultó como una droga para sus sentidos y avivó aún más su excitación.

—¿Tu habitación o la mía? —preguntó él sin apenas separar la boca de la suya.

La voz dura y rasposa rasgó la suave brisa nocturna y rompió el hechizo que acababa de tejer tan seductoramente. La realidad levantó por fin la cabeza y Tamsin lo miró aturdida.

—No...

—Tengo que hacerte mía, *bella*. Esta noche.

Hacía tiempo que no sentía un deseo tan desbocado por una mujer, y tal era su desesperación por poseerla en ese momento que hubiera podido llevarla al jardín y hacerle el amor sobre la hierba.

—Muchos de los invitados ya se han ido —continuó él—. Nadie se dará cuenta si nos vamos a mi suite —murmuró.

Incrédulo, vio como Tamsin negaba con la cabeza y se apartaba de él.

–No puedo –susurró–. Lo siento –y se alejó con pasos apresurados.

–Por el amor de Dios. Tamsin...

La voz encolerizada de Bruno siguió a Tamsin por la terraza y a través de las puertas del salón de baile.

Era cierto. Muchos de los invitados ya se iban y sólo quedaban algunas parejas bailando en la pista. Nadie se daría cuenta de nada, y si hubiera aceptado la invitación de Bruno, ya estarían en su habitación, y él la estaría besando con la misma pasión que los había abrumado a ambos unos momentos atrás.

¿Por qué no quiso ir con él?, se preguntó furiosa. ¿Por qué, por una vez en la vida, no había seguido los dictados de su cuerpo en lugar de los de su razón? Bruno despertaba en ella un deseo tan intenso que todo su cuerpo gritaba de frustración sexual. Pero el sonido de su voz, la seguridad de que ella caería en su cama con la misma facilidad con que había caído en sus brazos, se lo impidió.

Después del fracaso de su matrimonio, había perdido la seguridad en sí misma, reconoció mientras cruzaba el vestíbulo del hotel. Se había dejado embaucar por las atenciones de Bruno, pero era consciente de su reputación de mujeriego. Era un donjuán multimillonario acostumbrado a que las mujeres se arrojaran a sus pies, y su orgullo se negaba a convertirse en una más de la lista.

–Tamsin, querida, ¿estás bien? –James Grainger salió del salón del hotel y Tamsin se detuvo delante de él–. Pareces un poco sofocada.

–Oh, ahí dentro hace mucho calor, y creo que he bebido más champán de la cuenta –se apresuró a disculparse, echando una rápida ojeada atrás para asegurarse de que Bruno no la seguía–. Voy a subir a mi habitación, James... –se interrumpió y, al ver que el hombre se tambaleaba levemente, lo sujetó del hombro–. No tienes buen aspecto.

–Sólo es cansancio. Ha sido un día muy largo, pero maravilloso –murmuró James esbozando una sonrisa–. Davina y Hugo ya están camino del aeropuerto, y Annabel sigue en el bar con sus amigos. Yo voy a volver a casa. Hargreaves me está esperando en el coche.

–Deja que te ayude.

Sin esperar respuesta, Tamsin lo llevó hasta las escaleras. Allí, James tropezó, pero afortunadamente el chófer corrió a ayudarle y lo sujetó con firmeza. Entre los dos, lo acompañaron hasta el vehículo.

–Iré a verte mañana –le prometió ella, y James asintió.

–Estupendo. Quiero que hablemos de la decoración de Ditton Hall –James titubeó un momento, y después añadió, con cierto reparo–: Tamsin, no he podido evitar verte con Bruno. No hay nada de malo en ello –se apresuró a decirle al verla ruborizarse–. Conozco a Bruno desde hace años, y es un hombre honorable, un buen hombre, pero hombre al fin y al cabo, con una reputación de donjuán que no es una casualidad. Así que ten cuidado, ¿eh? –le dijo metiéndose en el coche–. Buenas noches, querida.

Bruno se acercó al extremo de la terraza. Tenía la respiración acelerada y trató de calmarse. La apasionada reacción de Tamsin había avivado su excitación hasta el punto de prender todo su cuerpo en llamas, y su rechazo lo dejó en pura agonía. ¿Por qué lo había hecho? ¿Acaso le gustaba provocar a los hombres y llevarlos hasta el límite para dejarlos después? ¿O había otro motivo?

En ese momento, iluminados por la luz de la entrada del hotel, vio a James Grainger subir a su coche y se dio cuenta de que Tamsin se iba con él. Así que aquél era el juego. Aquél era el motivo de su rechazo, tenía que acostarse con James Grainger.

Mascullando una maldición, Bruno dio media vuelta y recorrió la terraza a grandes zancadas. La boda de Davina debió de ser un día muy emotivo para James, que evidentemente echaba de menos a su esposa, y Tamsin había decidido que era el momento perfecto para seducirlo, sin que él pudiera detenerla.

Capítulo 3

A LA MAÑANA siguiente, Bruno seguía furioso por lo ocurrido la noche anterior y su cuerpo continuaba sufriendo las consecuencias de la misma frustración sexual que lo tuvo despierto hasta altas horas de la madrugada. No estaba acostumbrado al fracaso ni al rechazo, pero la noche anterior había experimentado ambos, y estaba encolerizado. No sólo no logró apartar a Tamsin de James Grainger, sino que además la apasionada reacción de Tamsin a sus caricias y consecuente rechazo lo dejaron sumido en un desconcierto inexplicable.

Su intención de evitar que la mujer atrapara a James entre sus garras no estaba saliendo según sus planes. Le enfurecía haber sido incapaz de evitar que ella volviera con James a Ditton Hall, y la idea de que pudo pasar la noche en su lecho le daba ganas de destrozar algo.

A grandes zancadas entró en el comedor del hotel, pero se detuvo bruscamente al ver a Tamsin sentada sola en una mesa delante de uno de los ventanales que daban a los jardines del hotel.

Con una camiseta rosa y vaqueros blancos, la melena rubia suelta sobre los hombros como una cortina de seda, Tamsin tenía un aspecto joven e inocente a la vez que increíblemente sexy. La bestia hambrienta de la noche anterior se agitó de nuevo en el interior de Bruno y su cuerpo reaccionó con irritante previsibilidad.

–*Buongiorno*. ¿Puedo sentarme?

Tamsin había estado contemplando a un gorrión que iba saltando por la terraza y el sonido de la voz grave y sensual de Bruno le hizo caer el alma a los pies. Volvió la cabeza y lo miró con desconfianza, segura de que debía de estar furioso con ella por huir de su lado la noche anterior.

–Sí, claro –respondió, aunque él ya se había sentado.

No sabía qué decirle. La cara le ardía al recordar con increíble detalle los apasionados besos de la terraza. En aquel momento había parecido un sueño, pero ahora era más bien una pesadilla, sobre todo cuando recordaba su enfebrecida reacción.

–¿Has dormido bien, Tamsin? –preguntó él, sonriendo un momento a la camarera que le estaba sirviendo el café.

Por lo visto tenía el mismo efecto devastador en todas las mujeres, pensó Tamsin cuando la joven tiró la jarra de leche y se disculpó profusamente mientras lo limpiaba con un trapo.

–Sí, gracias.

A Bruno no pareció convencerle la respuesta.

–¿Tu habitación del hotel es cómoda? –insistió él.

–Sí, un poco pequeña, pero está bien –respondió ella–. ¿Y tú, has dormido bien?

–Desafortunadamente no. Apenas he podido pegar ojo, pero los dos sabemos el motivo, ¿no es así, *bella*? –dijo con falsa dulzura–. La frustración sexual no es un agradable compañero de cama –añadió con un destello divertido en los ojos al verla ruborizarse.

–Siento lo de anoche –se disculpó ella–. Sé que te di la impresión de que... de que iba a... –Tamsin bajó la cabeza, turbada.

–¿De que compartías la misma imperiosa necesidad que yo de hacer el amor? –sugirió él en un tono que le provocó un estremecimiento–. Las mujeres tienen el derecho a cambiar de opinión –declaró estirando la mano y sujetándole la barbilla con un dedo para obligarla a mirarlo–. La paciencia no es una de mis virtudes. Las cosas fueron muy deprisa, pero entiendo que no estuvieras preparada para explorar esta fuerte atracción que arde entre nosotros –murmuró él.

Tamsin lo miraba sin palabras, fascinada por el brillo en los ojos negros. Ojos de tigre, pensó, recordando lo mucho que le gustaron los besos de la noche anterior. En ese momento deseó que volviera a besarla, y dejó escapar un suave gemido cuando él le recorrió el labio inferior con el dedo en una sensual caricia. ¿Se daría cuenta de lo mucho que deseaba cambiar el dedo por su boca?, se preguntó mirándolo. El destello de los ojos masculinos le dijo que sí, que era muy consciente del efecto que tenía en ella, y Tamsin tuvo que hacer un esfuerzo para no inclinarse hacia él.

–Supongo que pronto volverás a Italia –preguntó ella casi sin aliento.

Sería lo mejor, que él volviera a su vida de multimillonario y que sus caminos no volvieran a cruzarse nunca más.

Muy a su pesar, él asintió.

–Y ahora que ya ha terminado la boda, supongo que tú volverás a Londres.

–Sí, pero no en seguida. Mi hermana vive cerca de aquí, y quiero ir a verla. Pero esta parte de Kent es preciosa, y también quiero ir a visitar el castillo de Herver –explicó ella–. No sé si lo conoces, pero tiene un jardín italiano espectacular. Además, le prometí a James que pasaría por Ditton Hall para hablar de ideas para la redecoración de la casa.

–¿No crees que estará ocupado? –preguntó Bruno con sequedad–. Tengo entendido que todavía tiene invitados.

–Se van hoy, y Annabel se va de viaje con unos amigos –explicó Tamsin animadamente–. James estará solo, y pensé que quizá le apetezca un poco de compañía.

Bruno se tensó. Por lo visto Tamsin no había pasado la noche anterior en Ditton Hall ni en la cama de James, pero seguía tratando de colarse en su vida. Se obligó a sonreír, satisfecho al ver el rubor que cubría las mejillas femeninas. Quizá tuviera sus ojos puestos en el acaudalado conde, pero no era tan inmune a él como trataba de aparentar.

–No conozco bien esta parte de Inglaterra, pero desde luego es muy hermosa, y me intriga lo de este jardín italiano. Hagamos un trato, Tamsin –sugirió con su voz sensual y rica en matices–. Tú me enseñas el castillo, y a cambio yo te invito esta noche a cenar.

–¿Pero no tenías que volver a Italia? –preguntó Tamsin tratando de apagar el entusiasmo ante la idea de pasar el día con él.

Tras su comportamiento de la noche anterior, le sorprendía que quisiera estar con ella, pero a juzgar por la forma en que la miraba, parecía deseoso de su compañía.

–Ésa era mi intención, pero algo me ha hecho cambiar de planes –dijo él–. O quizá deba decir alguien.

–Ya.

Bruno era un mujeriego empedernido y ella debía de estar loca por plantearse siquiera la idea de estar cinco minutos más con él, se dijo Tamsin. Pero también era el hombre más atractivo que había conocido, y no pudo resistirse.

–Bien, en este caso –dijo ella–, estaré encantada de ser tu guía.

Horas más tarde Tamsin se dejó caer en la cama y miró al techo con una suave sonrisa en los labios. La noche anterior había estado segura de la decisión de no acostarse con un hombre a quien no conocía, pero después de pasar todo el día con él, ya no estaba tan convencida.

Había sido un día mágico. El castillo de Hever, antaño la residencia de Ana Bolena, era un idilio romántico rodeado de un amplio foso y magníficos jardines. Bruno había ejercido de seductor nato desde el momento que la ayudó a montarse en su deportivo, aunque ella pasó verdadero miedo con su temeraria forma de conducir a toda velocidad por las estrechas y serpenteantes carreteras de la campiña inglesa.

–Tranquila, soy un buen conductor –le dijo él con su irrefrenable arrogancia.

Tamsin estaba segura de que era cierto, y sospechaba que para él el fracaso no era una opción. Era un hombre que siempre conseguía lo que quería, y ella en ese momento no sabía exactamente qué era lo que quería de ella.

Pero desde el momento que la rodeó con sus brazos en una esquina apartada de la rosaleda del castillo y la besó, Tamsin lo olvidó todo excepto las ganas de estar con él. Era un compañero ingenioso y divertido, muy inteligente y con un carisma que le hizo olvidar sus reservas y su timidez.

Estaba en serio peligro de perder la cabeza, por no decir su corazón, reconoció volviendo al presente. Afortunadamente, al hacer la maleta no olvidó meter el vestido negro y las sandalias a juego. Al menos tenía algo que ponerse.

Sin embargo se recordó que ella no pertenecía a su mundo. Él era un donjuán italiano multimillonario sin ninguna intención de pasar por el altar. Incluso si quisiera una relación con ella, sería imposible dado que él pasaba buena parte de su tiempo en Italia o viajando por todo el mundo por negocios. Ella deseaba la seguridad de una relación sentimental, pero él se aferraba a su libertad. Se sentía atraída a él por un hilo invisible, como si lo hubiera conocido desde siempre, pero era ridículo, se dijo con firmeza. Cuatro años atrás creyó lo mismo de Neil, pero éste sólo consiguió partirle el corazón y destruir su seguridad en sí misma.

Había quedado con Bruno en la cafetería a las siete de la tarde y, después de mirarse por última vez en el espejo, se puso el collar de diamantes que James le había regalado.

Con él, pasaba de estar elegante a espectacular, y además, tampoco tenía muchas oportunidades de lucir una joya tan exquisita.

Bruno la esperaba en la cafetería enfundado en un traje negro con camisa blanca de seda, junto a una de las puertas del jardín. Cuando la vio, algo brilló en sus ojos, admiración masculina sin duda mezclada con algo indescifrable que casi hizo detenerse a Tamsin. Era la misma expresión que creyó ver la noche anterior, una mezcla de desprecio y repulsión, que apareció en su rostro al clavar los ojos en el collar de diamantes, pero él rápidamente sonrió y avanzó hacia ella. Tamsin se dijo que seguramente eran imaginaciones suyas.

–Tamsin, estás preciosa.

De dos zancadas se puso a su lado, pero en lugar de tomarle la mano y llevársela a los labios, le pasó el brazo por la cintura, bajó la cabeza y le tomó la boca.

Al notar el suave contacto de los labios masculinos en los suyos, Tamsin, sorprendida, abrió la boca, y él aprovechó el momento para meter la lengua entre sus labios y besarla con intensidad.

Bruno había estado tan encantador y atento todo el día que la hizo sentir como una princesa, y ahora, cuando por fin apartó la boca y la miró profundamente a los ojos, Tamsin se sintió como si hubiera caído en las páginas de un cuento de hadas del que no quería salir.

–He reservado una mesa en el restaurante francés del pueblo. No está lejos, podemos ir andando. ¿O prefieres ir en coche? –murmuró mirando los altos tacones que llevaba.

–Oh, mejor andamos –respondió ella, no muy convencida de volver a montarse en un coche con él.

–Cobarde –dijo él con una sonrisa.

Tamsin sentía que se derretía por dentro. Bruno era tan apuesto, tan inteligente, tan divertido... era todo lo que ella buscaba en un hombre, y de nada servía repetirse que probablemente no volvería a verlo, ni tampoco que era imposible enamorarse a las veinticuatro horas de conocer a alguien. Sin embargo, su cuerpo ansiaba sus caricias y ella era incapaz de luchar contra la fuerte atracción que vibraba entre ellos.

Por el brillo hambriento de los ojos de Bruno supo que él la deseaba, y medio había esperado que la invitara a cenar en la intimidad de su suite del hotel.

El sonido del móvil la sobresaltó y rápidamente lo buscó en el bolso para apagarlo.

–Oh, es James –dijo al ver de quién era la llamada–. ¿Te importa que hable con él?

–No, claro que no –respondió Bruno, pero su sonrisa se desvaneció en cuanto Tamsin salió a la terraza para responder.

Llevaba todo el día procurando que Tamsin no tuviera tiempo de ir a Ditton Hall, y seguía teniendo la intención de que Tasmin concentrara todo su interés en él, pero le enfurecía ser incapaz de evitar cualquier tipo de contacto con el conde.

Muy a su pesar, había disfrutado de su compañía mucho más de lo esperado. Y para su sorpresa, Tamsin se había mostrado como una acompañante inteligente e interesante, hasta el punto de llegar a pensar que en distintas circunstancias sus intenciones románticas hacia ella podrían haber sido auténticas.

Pero las circunstancias eran las que eran, y bajo la máscara de inocencia e ingenuidad, Tamsin Stewart era una manipuladora que jugaba con la vulnerabilidad emocional de James. Tenía que detenerla, y para ello iba a utilizar la manifiesta atracción sexual que ella sentía por él.

El restaurante elegido por Bruno era pequeño y acogedor, con suelos de piedra y vigas de madera que añadían a su encanto rústico, aunque la comida era alta cocina francesa.

–Gracias por la velada –dijo Tamsin cuando regresaron caminando hacia el hotel más tarde, tomados de la mano.

–El placer es mío, *bella* –murmuró él con su voz aterciopelada, y un brillo en los ojos que era toda una invitación–. ¿Quieres que tomemos una última copa en el bar, o mejor subimos a mi suite?

Bruno vio el destello mezcla de incertidumbre y excitación en los ojos femeninos, y estuvo segura de que iría con él. Siempre había sido capaz de seducir a las mujeres con el mínimo esfuerzo, y Tamsin no era una excepción. Para animarla aún más, bajó la cabeza y le cautivó la boca con los labios. Al sentir los labios húmedos y carnosos entreabrirse bajo los suyos, un rayo de fuego le recorrió todas las venas del cuerpo. La apasionada reacción de Tamsin inflamó aún más su excitación y entonces supo que no le costaría nada llevarla a su lecho. Pocas veces cumplir con el deber resultaba tan placentero.

Cuando por fin Bruno interrumpió el beso, Tamsin se balanceó ligeramente. Apenas lo conocía, le recordó una vocecita en su interior, pero su cuerpo y su corazón habían forjado una alianza y se negaban a escuchar. No pudo hablar, pero la sonrisa de Bruno le dijo que conocía la respuesta y, sujetándola de nuevo de la mano, la llevó hacia el hotel.

Bruno la besó otra vez en el ascensor, con un beso lento y embriagador que inflamó sus sentidos; y cuando abrió la puerta de la suite Tamsin lo siguió y se perdió en sus brazos.

Era consciente de que él no ofrecía nada más que sexo, pero no podía resistirse a él. Tamsin creía en el amor y en las relaciones duraderas, y él no quería ninguna de las dos cosas, pero algo en aquel hombre le llevaba a olvidar sus principios y, por primera vez en su vida, seguir los deseos de su cuerpo.

—¿Quieres tomar algo?

La voz pastosa de Bruno la estremeció, y en lugar de devolverla bruscamente a la realidad como la noche anterior, prefirió no pensar. Algo tan maravilloso como aquello no podía estar mal, pensó. En silencio negó con la cabeza, observándolo, esperando. Con un gemido él le tomó la boca e inició una lenta y exquisita seducción de sus sentidos.

Tamsin cerró los ojos y se concentró en la sensación de los labios y la lengua masculina en su boca, que de repente adquirieron una calidad marcadamente erótica.

—No pares —susurró ella cuando él se separó ligeramente.

¿Era su voz aquel susurro ronco y seductor?

—No tengo intención de parar —dijo él con voz pastosa contra su garganta alzándola en brazos y llevándola al dormitorio.

Tamsin empezó a desabrocharle los botones de la camisa y por fin consiguió echar la tela hacia atrás y dejar al descubierto los hombros cuadrados y el pecho fuerte y musculoso, bronce cincelado cubierto de un suave vello negro y rizado.

Bruno la dejó de pie en el suelo y, sin dejar de besarla, le bajó la cremallera del vestido y deslizó la tela por los hombros y los brazos hasta la cintura, dejando al descubierto los senos, apenas cubiertos por un minúsculo sujetador de encaje negro. Entonces sí interrumpió el beso, para concentrarse en desnudarla, tirando del vestido hacia abajo hasta dejarlo en el suelo, y a ella cubierta únicamente con el sujetador, un tanga negro de encaje a juego y... el collar de diamantes regalo de James Grainger.

—Será mejor que te quite esto —dijo él deslizando las manos bajo la melena rubia para quitarle el collar—. No queremos estropear una chuchería tan valiosa —comentó dejándolo en la mesita de noche.

Tamsin apenas podía creer que estuviera allí, en el dormitorio de Bruno, a punto de acostarse con él. La idea de que fuera a tocarla y acariciarla la hacía estremecer, y tenía todas las terminaciones nerviosas a flor de piel, esperando sentir las manos masculinas.

Una parte de su mente continuaba insistiendo en que recuperara el sentido común, y recordándole que al día siguiente se arrepentiría de aquella locura, pero en ese momento sólo podía pensar en el cosquilleo y el intenso deseo que empezaban en su pelvis y se extendían por todo su cuerpo. Nunca se había sentido así. Su vida sexual con Neil fue buena, o al menos eso creyó siempre ella. Con él siempre prefirió la sensación de sentirse protegida al acurrucarse contra su cuerpo después de hacer el amor que el acto en sí. Con Bruno no quería sentirse segura ni protegida. Con él lo que quería era que la tumbara en la cama, le separara las piernas y la poseyera con toda la intensidad y pasión primitiva que él estaba luchando por controlar.

–Eres exquisita –murmuró él entre jadeos cuando le desabrochó el sujetador y lo echó a un lado, antes de tomarle los senos en las palmas de las manos y frotar con los pulgares los pezones que ya estaban totalmente erectos y suplicaban las caricias de sus labios.

Al pegarla contra sus muslos la sintió temblar, y entonces se dio cuenta de que su planeada lenta exploración del cuerpo femenino tendría que esperar. Sus iniciales razones para seducirla parecían totalmente ridículas comparadas al deseo que lo consumía. Tenía que hacerla suya ya, con una urgencia que destruyó por completo su autocontrol. A él le gustaba estar en control, siempre, pero ahora estaba tan excitado que, si no hacía algo, dudaba de que llegaran a la cama.

Mascullando una maldición, la alzó en el aire y la depositó sobre el edredón, sin tiempo para retirar la ropa de cama. Necesitaba estar dentro de ella ya, hundirse en su cuerpo y sentir cómo los músculos femeninos lo envolvían. Con la mandíbula rígida de tensión, él se desnudó por completo, y vio como se dilataban las pupilas femeninas al ver la potente y fuerte erección. También vio la ligera aprehensión de Tamsin ante la idea de tener que acomodar un miembro de ese tamaño en su cuerpo y se obligó a ir más despacio, haciendo un gran esfuerzo para controlar sus deseos al tumbarse junto a ella y tomarle la boca en una caricia profunda y sensual.

Tamsin se relajó también, más tranquila al darse cuenta de que Bruno no tenía prisa y pensaba excitarla por completo antes de poseerla. De nuevo empezó a acariciarle los senos con las manos y los pezones tomándolos entre el pulgar y el índice hasta que el placer se hizo insoportable y ella retorció las caderas impaciente, necesitando que aplacara la necesidad que dominaba su cuerpo y su mente.

Lo sintió tirarle del tanga por las piernas antes de separarle los muslos con la firme intención de llevarla a lo más alto del placer. Ya no había vuelta atrás. Los dedos masculinos se abrieron paso entre el vello rizado y le acariciaron sensualmente antes de meterse entre los pliegues aterciopelados buscando el calor húmedo y pegajoso que indicaba que estaba lista para recibirlo.

Atrapada en el remolino de deseo, al principio Tamsin apenas se dio cuenta del ruido, pero éste se volvió a repetir, infiltrándose en su mente, hasta que se dio cuenta de que alguien llamaba a la puerta.

–Bruno –dijo haciendo un esfuerzo para empujarlo hacia atrás.

Por un momento él pareció resuelto a ignorarlo.

–No es nada, *bella* –murmuró deslizando los labios sobre la garganta y el escote–. Seguramente el servicio de habitaciones o algo así. Olvídalo y piensa sólo en mí –dijo con la arrogancia que le caracterizaba.

Pero quien quiera que estuviera llamando insistió de nuevo, y con una maldición Bruno se levantó de la cama y buscó los pantalones.

–Quédate aquí y no te muevas. Vuelvo en dos segundos –le prometió mientras contemplaba con ojos encendidos el cuerpo desnudo sobre la cama.

Bruno salió al salón y segundos después lo oyó abrir la puerta de la suite. El sonido apagado de voces apenas se oía desde el dormitorio, pero la interrupción trajo también dudas e incertidumbres, y calmó la sed de pasión que la había dominado hasta entonces.

¿Qué estaba haciendo?, se preguntó horrorizada. Temblando, se sentó y se miró en el espejo del tocador. Allí había una mujer a la que no reconoció, una seductora con la melena rubia despeinada y los labios hinchados, pero que la miraba con los ojos muy abiertos e inquietos.

Aquella mujer no era ella, pensó. ¿Qué había sido de su firme creencia de que el sexo y el amor estaban inextricablemente unidos? ¿O su promesa de que sólo entregaría su cuerpo al hombre que amara? No podía amar a un hombre que apenas conocía, y aunque la atracción que sentía por Bruno era inexplicable, no era amor, sino sexo.

Bruno iba a odiarla, pensó mientras se vestía precipitadamente. Por la mañana había parecido entender las razones de su rechazo la noche anterior, pero esto era mucho peor. Hacía sólo unos minutos había respondido a su pasión caricia a caricia, beso a beso, y él esperaba volver a su lado para terminar lo que había comenzado. Pero ella no podía hacerlo. No lo amaba, y desde luego él tampoco a ella, y aunque deseaba ser poseída por él, sabía que unos momentos de placer no merecían sacrificar su dignidad.

Las voces del salón se habían callado. Probablemente la persona que llamó ya se había ido, pero ¿por qué no volvía Bruno?

Tamsin supo que al irse no podría evitar encontrarse con él y decidió enfrentarse a la comprensible rabia masculina cuando le dijera que había cambiado de idea por segunda vez.

Respirando profundamente, abrió la puerta y salió al salón. Pero se detuvo en seco cuando sus ojos pasaron de Bruno, que estaba de pie junto al sofá, a James Grainger, sentado en un sillón y ojeando unos documentos.

Capítulo 4

TAMSIN!

James pareció tan sorprendido al verla como ella.

–Hola, James –balbuceó casi sin voz.

Pero si ella se sentía cohibida, James estaba mil veces peor, sobre todo cuando vio la cama medio desecha a través de la puerta entreabierta del dormitorio. El conde se puso en pie de un salto y empezó a recoger apresuradamente los documentos que había estado repasando.

–Sí, claro... Qué inoportuno, ya –murmuró en su aristocrático acento británico–. Disculpadme los dos, por favor. Bruno, debías haberme dicho algo. Tú mismo me has pedido que viniera para repasar estos documentos, pero puedo entender que... otras cosas... –miró al suelo como deseando que se abriera un agujero a sus pies– tienen preferencia.

–La culpa es únicamente mía –respondió Bruno sin inmutarse y sin mirar a Tamsin–. He cenado con Tamsin y... –se encogido de hombros y sonrió a James con total descaro–, entre una cosa y otra se me ha olvidado que teníamos una reunión. ¿Qué te parece si la posponemos hasta mañana?

–Por supuesto –James prácticamente fue corriendo hasta la puerta–. Esperaré tu llamada, Bruno. Buenas noches, Tamsin –dijo con voz estrangulada antes de perderse precipitadamente por el pasillo.

Bruno cerró la puerta tras él.

En los momentos siguientes Tamsin no supo adónde mirar. Apenas la noche anterior James le había advertido que Bruno era un mujeriego incorregible y, en lugar de hacerle caso, Tamsin había estado a punto de acostarse con él veinticuatro horas después de conocerlo. De no ser por la interrupción de James, se habría acostado con Bruno.

—No pongas esa cara, *bella* —dijo Bruno lentamente, dirigiéndose hacia ella.

Algo en su voz la intranquilizó profundamente, y Tamsin lo miró perpleja, sin comprender la dureza de su expresión.

—¿Quién sabe? Si me complaces, igual te compro un collar más caro que el que te ha regalado James.

—No lo entiendo —se estremeció Tamsin bajo la mirada fría y despiadada, cargada de un desprecio que ahora supo no era fruto de su imaginación—. ¿Qué tiene que ver el collar con todo esto? —sacudió la cabeza lentamente, tratando de encajar todo lo que le pasaba por la mente—. Sabías que James iba a venir, teníais una reunión —se interrumpió, tratando de entender el mensaje que planeaba por su mente—. ¿Y de repente lo has olvidado?

La boca de Bruno se curvó en una parodia de sonrisa.

—No lo he olvidado —dijo él con frialdad.

Aunque no era del todo cierto, tuvo que reconocer Bruno para sus adentros. La necesidad de poseer a Tamsin había sido tan intensa que cuando tendió el cuerpo desnudo sobre la cama su único pensamiento había sido hacerla suya y perderse en su cuerpo. Y no recordó la reunión con James hasta que éste llamó a la puerta.

—¿Por qué le has dicho a James que viniera si ya me habías invitado a cenar? —insistió Tamsin temblando.

Tenían los ojos muy abiertos y la tez pálida, pero la imagen de pobre niña vulnerable y perdida era parte de la farsa, se recordó Bruno.

–Es muy sencillo –dijo él en tono aburrido acercándose al bar y sirviéndose una generosa copa de whisky–. ¿Quieres una copa?

–¡No!

Bruno se encogió de hombros y bebió la mitad del licor de un trago.

–Te he tendido una trampa, *bella*. Te he invitado a mi habitación con la intención de seducirte sabiendo que James vendría y nos encontraría juntos –se dirigió hacia ella y recorrió con el dedo índice el escote entre sus senos.

La delicada fragancia floral de la piel femenina despertó de nuevo sus sentidos, y se dio cuenta de que el corazón le latía aceleradamente en el pecho.

–Debo decir que me lo has puesto muy fácil –añadió.

–Ya veo –Tamsin empezó a sentir náuseas y se apartó de él, como si el solo contacto del dedo la mancillara–. ¿Quieres explicarme por qué tenías que hacer algo semejante?

–Para poner punto final a tu relación con James –declaró Bruno bruscamente–. Es posible que puedas cegarlo temporalmente con tus encantos y tu falsa simpatía, pero es un hombre tímido y conservador, y ahora que cree que nos acostamos juntos, se olvidará de todas las ideas románticas que pueda tener contigo.

–¿Qué románticas ideas? –preguntó Tamsin estupefacta–. James y yo somos amigos. Tiene la edad de mi padre, y todavía echa de menos a su esposa.

–Sí. James está solo y deprimido. El momento perfecto para que una joven guapa y comprensiva planee una relación con él –dijo Bruno.

–No puedo creerlo. ¿Qué clase de relación crees que esperaba tener con él?

–Creo que viste los beneficios de tener una aventura con un hombre mayor y forrado de pasta –dijo Bruno con sequedad–. Enseguida te diste cuenta de que James se siente solo y te viste como la próxima lady Grainger. Y si algún día te cansas de verte atada a un hombre cuarenta años mayor que tú, el divorcio podía ser muy provechoso –concluyó con una dura carcajada, recordando el trato de su madrastra con su padre.

Miranda era una mujer ambiciosa y manipuladora, y sin duda Tamsin estaba hecha de la misma pasta.

Por un momento Tamsin sintió que la habitación se tambaleaba bajo sus pies y se sujetó al marco de la puerta.

–No puedo creerlo –repitió, temblando–. Mi relación... mi amistad con James es totalmente inocente. James no alberga ningún tipo de tonterías románticas conmigo, y yo desde luego tampoco he intentado seducirlo.

–¿Entonces por qué va todos los viernes a Londres a verte? –preguntó Bruno–. James le dijo a Annabel que va por asuntos profesionales, pero cuando Lorna se puso enferma, James dejó su puesto como presidente ejecutivo de la compañía y ya no tiene ningún motivo para ir a Londres todos los viernes, excepto verte a ti. ¿Fue durante uno de esos viajes cuando le convenciste para que te comprara el collar de diamantes? –preguntó mordaz.

–Yo no le he convencido para nada –se defendió Tamsin furiosa, pero no podía negar que quedaba todos los viernes con James.

En una ocasión comieron juntos en un restaurante cerca del hospital, y fue la única vez que él bebió un poco más de la cuenta, tratando de armarse de valor según le dijo él mismo, antes de la consulta con el médico que debía darles los resultados de las pruebas. Pero en cuanto le fue confirmado el cáncer, James empezó inmediatamente con el tratamiento de quimioterapia que lo dejaba tan bajo física y anímicamente que no podía ni comer.

Por un momento Tamsin pensó en decirle a Bruno el verdadero motivo de las visitas de James a Londres. Pero recordó la promesa que le había hecho a James. Éste no quería que nadie supiera nada de su enfermedad, y ahora ella no podía traicionarlo.

Bruno la observaba con los ojos entrecerrados.

–¿No tienes nada qué decir, *bella*? –preguntó en tono sedoso.

–Mis reuniones con James no son asuntos tuyo –murmuró ella, sintiendo como si le hubiera clavado un cuchillo entre las costillas–. Pero evidentemente a veces quería hablar del apartamento de Davina y Hugo.

–Annabel me dijo que el apartamento se terminó hace varias semanas.

Annabel, Annabel... De repente todo empezó a encajar, pensó Tamsin. La hija menor de James era una joven mimada y egoísta, pero ¿cómo podía creer que su padre tenía una relación sentimental con ella?

–Lo que más me preocupa –continuó Bruno– es que James haya invertido una considerable cantidad de dinero en Spectrum contra la opinión de sus asesores financieros. Tengo entendido que la empresa de tu hermano estaba al borde de de la bancarrota, y supongo que tú convenciste a James para que le ayudara. No parece una de las excelentes decisiones empresariales que acostumbro a esperar de James.

Su propio padre era conocido por su excelencia empresarial, recordó Bruno, pero su obsesión con Miranda le llevó a bajar la guardia y tomar decisiones equivocadas, llevando a la Casa Di Cesare al borde de la bancarrota. Ahora Bruno no permitiría que James siguiera el mismo camino.

Tamsin lo observaba con los ojos muy abiertos, sin entender.

–¿Qué dinero? –preguntó temblando–. No sé nada de ninguna inversión, y desde luego nunca he pedido a James que invirtiera en Spectrum. Si la empresa tuviera problemas económicos, Daniel me lo habría dicho –dijo desesperada.

–Hace dos meses el banco estaba dispuesto a retirar el apoyo financiero a menos que Spectrum pagara sus deudas –dijo Bruno seriamente–. Y qué curioso, las deudas coincidían exactamente con la cantidad invertida por James.

–¡Pero yo no sabía nada! –protestó ella.

Spectrum era la empresa de Daniel, y ella era únicamente uno de sus empleados. Pero también era su hermano. ¿Habría sido capaz de ocultarle algo tan grave como la amenaza de quiebra? ¿Y cómo consiguió que James invirtiera dinero?

Tamsin miró a Bruno y vio el desprecio en sus facciones. Era evidente que la consideraba una mujer avariciosa y manipuladora. Al darse cuenta, sólo quiso desaparecer.

Entonces recordó otra cosa.

–Has dicho que James es tu amigo, pero si de verdad creías que tenía un interés romántico por mí, ¿por qué quisiste que nos encontrara juntos? ¿No pensaste que le haría daño?

–A veces hay que ser cruel con las personas que más quieres –le informó Bruno con tal arrogancia y altivez que Tamsin olvidó su dolor y tembló de ira–. Pensé que era mejor que se diera cuenta de la clase de mujer que eres ahora y no llevarse una decepción más adelante.

–¿Y qué clase de mujer soy? –susurró ella con un nudo en la garganta.

–Una cazafortunas –respondió Bruno sin andarse por las ramas–. Antes de saber quién era yo ni te molestaste en mirarme. Pero en cuanto te enteraste de que soy multimillonario, caíste en mis brazos. No entiendo muy bien lo de anoche –continuó implacable, ignorando la humillación reflejada en el rostro de Tamsin al escucharlo–, pero me imagino que era para estimular mi apetito e inflamar mi deseo por ti.

Bruno se movió de repente, pasándole un brazo por la cintura y sujetándole la barbilla con la otra mano para obligarla a mirarlo.

–Debo reconocer que tus tácticas han funcionado –dijo con voz grave y pastosa, cargada de una mezcla de deseo y repulsión–. Sigo queriéndote en mi cama, Tamsin, y aunque estoy seguro de que lo negarás, tú también me deseas a mí.

Deslizó la mano hasta el seno femenino, y para su vergüenza Tamsin sintió la traición de su cuerpo.

–¿O sea, que hoy –susurró ella sin apenas voz– tu intención era seducirme?

Tasmin se recordó a los dos paseando de la mano por los jardines del castillo de Hever, hablando, riendo, disfrutando de su mutua compañía, o al menos eso creyó ella. Había sido un día mágico, uno que nunca podría olvidar, pero ahora quería llorar al recordar lo tonta que había sido por creer que él se sentía tan atraído por ella como ella por él.

–¿Y la cena también? ¿Era parte del plan para meterme en tu cama? ¿Me has hecho el amor... –su voz se resquebrajó– sólo para terminar mi pretendida «relación» con James?

Bruno contemplaba su cara pálida. Era buena, reconoció, sintiendo una emoción indefinible en las entrañas cuando vio el brillo de las lágrimas en sus ojos. Parecía desolada. Aunque sin duda era porque él acababa de frustrar sus planes de seducir a un acaudalado conde. Su madrastra también fue una actriz consumada, con una provisión inagotable de lágrimas que engañaron a su padre una y otra vez.

Pero a él las lágrimas no le afectaban. La primera parte del plan estaba conseguida. Ahora que James les creía amantes, el conde se daría cuenta de que su futuro no estaba junto a aquella hermosa rubia. Pero Tamsin tampoco tenía que perderlo todo, y él tampoco.

Lentamente empezó a acariciarle el pecho, rozándole el pezón con el pulgar que se endureció al instante. La reacción del cuerpo femenino lo inflamó de nuevo.

–¡No! –exclamó ella horrorizada ante la traicionera reacción de su cuerpo echándose hacia atrás.

Pero él sintió el temblor que la recorrió y se echó a reír.

–¿Por qué no, *bella*? Hace media hora apenas podías ocultar lo mucho que me deseabas, igual que yo. Olvídate de James –dijo con la voz cargada de tensión sexual–. Puedo darte lo que quieres.

Sin darle tiempo a reaccionar, Bruno le tomó los labios y se apoderó de su boca con la lengua. Tamsin tembló con renovado deseo, pero su orgullo luchó una batalla desesperada y se impuso. Ella se apartó de él, jadeando como si acabara de correr un maratón y tratando de empujarlo.

–¿Cómo puedes desearme, creyéndome una cazafortunas capaz de engañar a un hombre vulnerable? –exclamó ella furiosa.

–Cierto, pero yo no soy un hombre vulnerable, ni mucho menos –le aseguró él–. Sé lo que eres, y la verdad no me importa. Te quiero desnuda y en mi cama, como ya debes de haberte dado cuenta –añadió burlón bajándole las manos a las nalgas y pegándola contra su erección–. Te deseo, Tamsin, igual que tú me deseas a mí.

El brillo en los ojos masculinos unido a la total seguridad de que ella sería incapaz de resistirse a él exacerbó la humillación de Tamsin.

–Quítame las manos de encima –masculló ella entre dientes, y lo empujó con una fuerza que no sabía que tenía–. Prefiero morir a compartir tu cama –dijo, y se dirigió rápidamente hacia la puerta, temiendo que él la siguiera, que la tocara, y que su cuerpo la traicionara una vez más.

Pero cuando llegó a la puerta no pudo evitar volverse a mirarlo. ¿Cómo no se había dado cuenta de la crueldad en la curva de sus labios, de la frialdad de sus ojos? De Bruno sólo había visto lo que quiso ver, se dijo con amargura. Una vez más, se había equivocado. Se casó con un hombre que no tenía la intención de serle fiel, y ahora se sentía atraída por otro que le había hecho creer que estaba interesado en ella cuando sólo quería humillarla.

Tenía que irse antes de darle el placer de verla desmoronarse, pero aun con todo se obligó a hablar.

–James me dijo que eras un hombre honorable –dijo con dignidad abriendo la puerta–. Pero es evidente que estaba equivocado. Espero que te pudras en el infierno, Bruno Di Cesare –añadió con rabia, con la voz temblando de ira–. Porque allí es donde tienes que estar.

Capítulo 5

TAMSIN llegó a su apartamento del norte de Londres el jueves por la tarde, y fue recibida por su compañera de piso, Jess.

—Creía que volvías de casa de tu hermana hace dos días —dijo Jess entrando en la cocina en pijama y zapatillas—. Estaba empezando a pensar que habías huido con algún atractivo desconocido. Pero estás aquí, así que ya veo que no.

—Evidentemente —dijo Tamsin dejando la maleta en el suelo y mirando el montón de correspondencia que había en la encimera—. Vicky no se encontraba muy bien y decidí quedarme con ella.

—¿Qué le pasa? Espero que no sea nada grave.

—Está embarazada —dijo Tamsin con una voz carente totalmente de emoción, aunque en realidad era una forma de defensa—, y esta vez tiene muchas náuseas por las mañanas. Me he quedado un par de días más para ayudarle con los gemelos.

Tamsin sintió los ojos de Jess clavados en ella y suspiró. Su mejor amiga tenía la misteriosa habilidad de leerle el pensamiento, pero en ese momento Tamsin no deseaba compartir sus pensamientos con nadie ni hablar de lo ocurrido el fin de semana de la boda. A los veinte minutos de salir de la habitación de Bruno, ya había recogido sus cosas y abandonado el hotel, y se dirigía a toda velocidad en su coche hacia la casa de su hermana Vicky donde tuvo que inventarse una excusa por presentarse sin avisar después de media-noche.

–Oh, qué buena noticia –murmuró Jess, que ya se había fijado en la tez pálida de Tamsin y las ojeras bajo los ojos–. ¿Pero supongo que parte de ti desearía que fueras tú quien estuviera embarazada?

–Difícil, a no ser que desarrollen la capacidad de reproducirme sin la ayuda de un hombre –dijo Tamsin.

No quería hablar de lo ocurrido durante el fin de semana, pero Tamsin tenía razón. Estando con Vicky y su familia deseó estar felizmente casada y esperando un hijo.

–¿Qué tal la boda?

–Bien –dijo Tamsin fingiendo leer la factura del gas, pero a Jess no la engañó.

–Sólo bien, ¿eh? –dijo su amiga–. ¿No conocerías por casualidad a un hombre muy guapo, como el que se pasó por aquí el martes por la noche?

–¿Qué hombre?

A Tamsin se le cayeron las cartas de las manos y Jess descartó la idea de seguir bromeando con el tema.

–Alto, moreno, guapo, perdona el cliché –dijo Jess–. Italiano, diría por su acento. No me dijo su nombre, pero dejó esto –se sacó el collar de diamantes del bolsillo de la bata y se lo dio–. Dijo que estaba seguro de que no querrías perderlo. Oh, y dejó una tarjeta de visita –sacó una tarjeta de visita del cajón de la co-cina–. Con un mensaje. Pero yo he sido tan buena que no lo he leído –añadió en un intento de hacer sonreír a su amiga, pero sin conseguirlo–. Tamsin, ¿qué ha pa-sado? ¿Quién es?

–Nadie. No es nadie.

Tamsin miró la tarjeta de visita. Muy a su pesar, al ver el nombre de Bruno, sintió un aleteo en el estó-mago. El mensaje era breve.

Sabes que podríamos pasarlo muy bien juntos, bella. *Te prometo que sabré ser un amante muy generoso.*
Llámame.

Al leer la palabra «generoso» Tamsin sintió ganas
de gritar. ¿Cómo podía haber sido tan estúpida, tan
confiada, y tan ingenua como para pensar que él se
sentía realmente atraído por ella?

Ignorando la divertida expresión de Jess, rompió la
tarjeta por la mitad una y otra vez hasta lo imposible,
antes de tirar los diminutos trozos a la basura.

—No existe —repitió—. ¿Ya has preparado ese té?

En plena hora punta del tráfico londinense y a pesar
de que su chófer conocía todos los atajos, el coche de
Bruno avanzaba lentamente hacia su hotel. Bruno había
estado todo el día con su equipo jurídico, trabajando en la
adquisición de una de sus empresas rivales, y las negocia-
ciones eran tensas, pero aquel día no había podido concentrarse como de costumbre, y varias veces comprobó
sus mensajes en el móvil, viendo con irritación e incredulidad que Tamsin Stewart todavía no había llamado.

Claro que esperaba que llamara. No inmediatamente.
Le había dado dos días para que se hiciera a la idea de
que no iba a conseguir que James fuera su fiel amante
y que un multimillonario apuesto y viril como él era un
excelente sustituto para un multimillonario anciano y
deprimido como James. Seguro de que era como todas
las mujeres que conocía, estaba convencido de que
Tamsin no tardaría en marcar su número. Pero por lo
visto era más inteligente de lo que él pensaba.

Aunque quizá no tanto. Él regresaba a Italia la semana siguiente y no tenía la menor intención de llamarla antes de irse.

Si quería compañía femenina, había varias mujeres que habrían aceptado su invitación a cenar sin pensarlo dos veces, pero prefirió quedarse solo y pasar la velada trabajando. Eran las once de la noche cuando cerró el portátil y llamó a la residencia londinense de James Grainger, más por curiosidad que por pensar que podría hablar con el conde. Annabel le había dicho que su padre solía quedarse los viernes por la noche en Londres, después de verse con Tamsin, pero él sabía que Tamsin no estaba en la ciudad, sino visitando a unos parientes, o al menos eso le había dicho su compañera de piso, por lo que lo más probable era que James se hubiera quedado en Ditton Hall.

El teléfono sonó cinco o seis veces, y Bruno estaba a punto de colgar cuando una voz femenina casi sin aliento respondió al otro lado.

–¿Diga? ¿En que puedo ayudarle?

Él no respondió enseguida.

–¿Quién llama, por favor?

Tamsin esperó impaciente la respuesta, con ganas de colgar el teléfono, convencida de que era un teleoperador e irritada por haber tenido que separarse de James, que convalecía tras la última sesión de quimioterapia.

–Señorita Stewart, qué sorpresa –dijo una voz conocida al otro lado de la línea–. Aunque quizá no debería sorprenderme tu tenacidad, *bella*. James es un hombre muy rico.

–Bruno –a Tamsin se le subió el corazón a la garganta, y sin poderlo evitar le empezaron a temblar las manos y la voz–. Supongo que quieres hablar con James, pero en este momento está acostado y prefiero no molestarlo.

–¿Lo has dejado para el arrastre, *bella*? Oh, ahórrame los detalles, por favor.

El tono burlón de Bruno la enfureció.

–Eres repugnante –dijo entre dientes–. La única razón por la que no le he hablado a James de tus míseras acusaciones es porque sé que le disgustaría.

Y James ya tenía suficiente con el tratamiento en aquel momento.

–¿De verdad? Creía que era porque no quieres que se dé cuenta de la verdad.

–La verdad es que soy una avariciosa cazafortunas, supongo –dijo Tasmin con frialdad, aunque le ardía el alma por dentro–. James está cansado, hemos tenido un día muy ajetreado. Le diré que te llame mañana.

Bruno no estaba acostumbrado a que nadie le colgara el teléfono, y mucho menos una estirada británica que para él no era más que una aprovechada y una cazafortunas.

–Me dejas intrigado, *bella* –murmuró el–. ¿Un día ajetreado haciendo exactamente qué?

Tamsin pensó en las horas que había estado con James en el hospital mientras le hacían unos análisis de sangre y esperaban en la unidad de Oncología a recibir el cóctel de fármacos con los que luchaba contra el cáncer. Al volver a casa James sintió ganas de vomitar, pero afortunadamente su chófer, Hargreaves, logró detener el coche y aparcar a tiempo, y de regreso en su apartamento londinense se metió directamente en la cama, ignorando las súplicas de Tamsin de que debía hablar con sus hijas de su enfermedad.

–Hemos ido de escaparates –mintió Tamsin a Bruno–. James está pensando en redecorar Ditton Hall y hemos estando viendo tejidos y objetos, para hacernos una idea.

Bruno soltó una dura carcajada.

–¿Y supongo que tu próximo paso será sugerir que te aloje en Ditton Hall para diseñar la nueva decoración? –sugirió burlón–. Te crees muy lista, Tamsin –masculló él en voz baja y fría–, pero te lo advierto, haré todo lo que esté en mis manos para evitar que le claves las garras a James.

Tamsin intentó ponerse en contacto con su hermano durante el fin de semana, pero Daniel se había ido a pescar y sus llamadas al móvil no obtuvieron respuesta. El lunes pasó buena parte del día metiendo prisa a unos contratistas que se habían retrasado en los plazos acordados y tratando de localizar un pedido de papel de seda que aparentemente había desaparecido de la faz de la tierra, por lo que cuando por fin entró en las oficinas de Spectrum Development and Design estaba que se subía por las paredes.

–¿Por qué no me contaste que la empresa estaba con el agua al cuello? –atacó a su hermano en cuanto lo vio–. Yo tenía derecho a saberlo. Tú fuiste quien dijo que me querías en el proceso de toma de decisiones.

–Y así es –murmuró Daniel sin mirarla a los ojos–. Pero no quería preocuparte. Dejar una empresa de diseño tan importante como Carter & Coults para trabajar conmigo no tuvo que ser fácil. ¿Cómo podía decirte a los seis meses que había metido la pata y mucho? –se disculpó sin negar sus acusaciones–. Tenía que haberme dado cuenta de que la conversión de la casa de Mountfield Square en apartamentos se saldría del presupuesto, pero lo que no pude predecir fue que el aumento de los tipos de interés se estaba cargando el mercado inmobiliario y que no podría vender los apartamentos.

–Pero estábamos al borde de la bancarrota –exclamó Tamsin–. ¿No crees que me habría dado cuenta cuando nos embargaran la empresa?

–La situación no era tan desesperada –insistió Daniel.

–No, porque James Grainger nos avaló –le espetó ella–. Tenías que habérmelo dicho –musitó dejando caer los brazos a los lados.

–Si no te lo dije, fue porque James creyó mejor que no lo supieras –explicó Daniel–. Reconozco que utilicé tu amistad con él...

–¡Oh, Daniel!

–... cuando le pedí que invirtiera en la empresa. La verdad es que no creí que aceptara, y de hecho se lo dije, pero para mi sorpresa le interesó y mucho. Fue él quien se ofreció a poner el dinero para contentar al banco hasta que se vendieran los apartamentos, y ahora que vuelven a subir los precios le va a resultar una inversión muy rentable.

La expresión de Tamsin reflejaba sus dudas, y Daniel suspiró.

–Deja de preocuparte, Tamsin; todo se arreglará. Sólo necesitamos un par de buenos encargos y superaremos los números rojos. Oh, y mañana tienes una cita con un posible cliente –le informó con una sonrisa–. Tienes una cita con él en el hotel Haighton a las doce, así que no te retrases. Tienes que causar buena impresión –Daniel sonrió y se apartó el flequillo de los ojos–. Cuento contigo, hermanita.

Con las palabras de Daniel en mente, al día siguiente Tamsin se preparó para causar una impresión favorable. Su divorcio había supuesto un duro golpe a su confianza en sí misma, pero poco a poco, y con la insistencia de Jess, empezó a tomar un nuevo interés en su aspecto físico.

Ahora aceptaba que la impresión que diera a sus

clientes era importante para ganar su confianza y conseguir los trabajos. Una falda a cuadros rojos y blancos, una chaqueta blanca ceñida a la cintura y accesorios a juego eran toda una declaración de intenciones, y al subir por las escaleras del hotel Haighton y ver su reflejo en las puertas de cristal, la pesada nube que se había asentado sobre ella desde su última conversación con Bruno empezó a levantarse.

¿Por qué debía importarles su opinión? Ella sabía que no era una cazafortunas, y más importante, James también. Bruno era un hombre amargado y cínico, aunque no entendía muy bien por qué, y afortunadamente ahora ya no estaba en Londres. Con un poco de suerte, no volvería a verlo más.

En la recepción dio su nombre y explicó que tenía una reunión con Allistair Collins. Poco después, un hombre de pelo claro y rostro agradable cruzó el vestíbulo para recibirla.

–Señorita Stewart, es un placer conocerla –le estrechó la mano–. ¿Si quiere subir a la suite? Creo que estaremos más cómodos que en el salón de invitados.

Allistair Collins le sonrió y la condujo hasta el ascensor y después a la Suite Ambassador. Tamsin admiró el elegante salón de la suite con sus grandes ventanales y su espectacular vista de Londres.

Una figura masculina de alta estatura y anchos hombros se perfilaba a contraluz, y Tamsin miró con extrañeza a Allistair Collins, que le hizo un gesto para que entrara mientras él se retiraba hacia la puerta.

–Está aquí la señorita Stewart, Bruno. ¿Algo más?

–No. *Grazie*, Allistair.

Bruno se volvió a mirarla a la vez que Tamsin oyó el chasquido de la puerta, que indicaba que Allistair Collins acababa de salir. Por unos segundos quedó paralizada, incapaz incluso de pensar, pero sus ojos se clavaron en Bruno y absorbieron la perfección de su rostro, los pómulos altos, las cejas anchas y la nariz firme, así como el negro azabache de su pelo y la cruel belleza de sus labios sensuales.

Lo primero que ella pensó era que una vez más aquel hombre le había dado esperanzas para destruirlas. En principio estaba allí para hablar de un posible trabajo, y aunque Daniel no se lo había dicho con esas palabras, sabía lo importante que era para la empresa. No entendía por qué Bruno se había molestado en llevarla allí, pero sólo quería irse, y ya.

Él la observaba en silencio, recorriendo su cuerpo de arriba abajo con una mirada lenta y perezosa, y ella sintió la necesidad de interrumpirla.

–¿No te parece ridículo este engaño para traerme hasta aquí? –preguntó ella alzando la barbilla y mirándolo a los ojos, aunque el corazón le latía con fuerza–. Estoy segura de que tus empleados tienen mejores cosas que hacer con su tiempo, igual que yo –giró sobre sus talones y se dirigió hacia la puerta–. No hace falta que me acompañes. Conozco el camino.

–Siéntate, Tamsin –ordenó él sin levantar la voz.

–¿Por qué?

–Porque no te he dado permiso para irte –dijo él en el mismo tono de voz controlado que la inquietó más que si hubiera gritado.

–No necesito tu permiso, Bruno.

Una sonrisa cruzó el rostro masculino sin llegarle a los ojos, y él echó a andar hacia ella.

–Todos mis empleados deben obedecer mis órdenes sin rechistar.

–En ese caso me considero afortunada de no estar entre ellos.

Nerviosa, pero resuelta a no acobardarse, reconoció Bruno, sintiendo cierta admiración por ella. Recorrió con los ojos la esbelta figura, la falda que le ceñía suavemente las caderas, la chaqueta que le marcaba la cintura y con el primer botón desabrochado, que dejaba adivinar un discreto pero tentador escote, y sintió rabia al pensar que Tamsin no se había vestido para él sino para otro. La intensidad de su reacción y la tentación de apoderarse de los labios rojos y carnosos con la boca era tan fuerte que apretó los puños.

—Desde que he decidido emplear tus servicios, *bella*, estás bajo mi control, así que siéntate mientras hablamos de lo que quiero.

El destello de sus ojos era inconfundible: puro deseo sexual que hizo temblar a Tamsin con una mezcla de ultraje y excitación que trató desesperadamente de negar. Tamsin apretó con fuerza el asa de la funda del ordenador portátil y se lo colocó delante a modo de escudo.

—Antes prefiero trabajar para el diablo.

—Pon a prueba mi paciencia y te resultará mucho más preferible —dijo Bruno alejándose de ella.

Se sentó en un sofá y le hizo un gesto para que se sentara. Tamsin así lo hizo, pero lo más lejos posible de él.

—Ésta es mi villa en la Toscana.

Tamsin miró a la mesa de centro donde había extendidas varias fotografías.

—Está en el corazón de la región del Chianti, a una hora en coche de Florencia. La casa se construyó en el siglo diecisiete y lleva muchos años en mi familia, pero desde la muerte de mi padre hace diez años ha estado un poco descuidada. Ahora se han terminado los trabajos estructurales en el edificio y deseo concentrarme en la decoración interior para utilizarla como residencia de fin de semana —Bruno se echó hacia atrás y la estudió distante—. Ahí es donde entras tú. Es un

proyecto de gran envergadura, pero tu hermano me ha
asegurado que eres capaz de llevarlo a cabo. En nuestras conversaciones preliminares estuvo de acuerdo
conmigo en que para poder dedicar toda tu atención a
Villa Rosala deberás trasladarte a Italia hasta la con-
clusión de los trabajos.

¿Trasladarse a Italia con él? Tamsin se estremeció
pensando que antes se trasladaría a las entrañas de la
tierra. Se le ocurrieron varias respuestas, pero optó por
la más sucinta.

—No hablas en serio.

—Te aseguro que sí. Y la cantidad que estoy dispuesta a pagar tampoco es una broma —dijo él, y añadió con voz sedosa—: Al menos a tu hermano no se lo
parece. De hecho, cuando hablé ayer con él me dio la
impresión de que estaba desesperado por hacerse con
este encargo.

—¿Cuando hablaste con él? —Tamsin se sintió como
atrapada en una red—. Supongo que le convenciste para
que no revelara tu identidad —dijo ella con amargura.

—Me limité a sugerir que vieras las fotos de la villa
sin ideas preconcebidas.

Lo odiaba. O al menos eso pensó las noches anteriores cuando recordaba profundamente avergonzada
cómo se había entregado a él, ajena a sus planes de seducirla. Pero aunque su mente era fuerte, su cuerpo
empezaba con traicionarla, y Tamsin era terriblemente
consciente de él. Del olor de su colonia, de las caricias
de sus labios, y del recuerdo de su cuerpo desnudo y
bronceado tendido junto a ella.

—Spectrum tiene otros dos diseñadores de interiores altamente cualificados y respetados por su trabajo.
Estoy segura de que estarán encantados de trasladarse
a la Toscana —dijo ella, con la voz seca como un de-
sierto.

–Pero yo te deseo a ti, Tamsin.

Las palabras quedaron suspendidas en el aire. Desde el momento que lo vio, la tensión sexual entre ellos fue aumentando, y ahora la atmósfera se alteró sutilmente.

–No.

Tamsin fue a ponerse en pie, pero no fue lo bastante rápida. Bruno la sujetó por el hombro y la obligó a sentarse, esta vez sobre sus rodillas. Le sujetó la nuca con la mano, le echó la cabeza hacia atrás, y por una décima de segundo Tamsin le miró a los ojos antes de que él bajara la cabeza y se apoderara de su boca.

Tamsin se resistió manteniendo los labios apretados y los músculos tensos, rechazándolo, pero él continuó insistiendo con la lengua a la vez que con la mano le quitaba las horquillas del moño y le hundía los dedos entre los mechones rubios que le caían, suaves como la seda, sobre los hombros. Tamsin oyó el primitivo gemido masculino y no pudo continuar resistiéndose.

Al notar la capitulación femenina, Bruno intensificó el beso y le exploró la boca con la lengua, excitándola hasta el punto de que Tamsin se olvidó de sus dudas y sus odios y, deslizándole la mano por la nuca, hundió los dedos entre los rizos morenos. Pero entonces él dejó de besarla, se apartó de ella y le bajó los brazos al regazo.

–¿Debo entender que no vas a seguir poniendo objeciones a aceptar el encargo?

El tono de burla en su voz y el brillo de desprecio en sus ojos enfurecieron de nuevo a Tamsin, que se puso en pie y corrió hacia la puerta.

–No trabajaría para ti ni aunque me pagaras un millón de libras. Ya sé lo que pretendes –le dijo furiosa–. Este encargo no es más que una estratagema para mantenerme lejos de James.

–Desde luego es una razón –dijo Bruno condescen-

diente y sin inmutarse, aunque al recordar que Tamsin
había estado en el apartamento de James el viernes por
la noche la rabia volvió a apoderarse de él.

¿Habría permanecido allí toda la noche? La idea le
dio náuseas, y también celos.

–Tengo toda la intención de impedir que te burles
de James –le advirtió–. Pero he estudiado tu trabajo y
aunque tu moral es cuestionable, tu talento no lo es.
Eres una excelente diseñadora y admiro tu trabajo. Mi
avión privado nos llevará a Italia el viernes –le informó,
mirándola con dureza.

Era evidente que Bruno había elegido el día a pro-
pósito, consciente de que los viernes ella solía quedar
con James. Claro que lo que Bruno no sabía era que
James había recibido la última dosis de quimioterapia
para unas semanas.

–Un coche pasará a recogerte a las diez.

Bruno abrió la puerta indicando el fin de la reunión,
pero Tamsin no había terminado. Ni siquiera había empezado.

–Olvídalo –le espetó ella echando chispas por los
ojos–. No puedes obligarme a ir a Italia contigo.

–Coincido en que no puedo obligarte físicamente a
subir al avión –concedió Bruno con una burlona sonrisa–, pero estoy seguro de que te puedo convencer. La
verdad es que me necesitas, *bella* –hizo una pausa antes de continuar–. Piénsalo. Este encargo es una fan-
tástica oportunidad para tu carrera profesional y para
Spectrum. Yo soy el multimillonario presidente de un
imperio de moda, y puedo llamar a los mejores diseñadores del mundo para decorar mi casa, pero te he elegido a ti.

Hizo una pausa para que Tamsin pudiera absorber
todas las implicaciones de sus palabras. Después añadió:

–Ya le he dicho a Daniel que estoy dispuesto a permitir que Spectrum utilice mi nombre en futuras campañas publicitarias. Este encargo puede convertir a Spectrum en una de las empresas más importantes del sector a nivel internacional, y tu hermano lo sabe.

Los ojos de Bruno se entrecerraron al ver a Tamsin humedecerse los labios con la lengua. Él reprimió el impulso de saborearla de nuevo y besarla hasta dejarla rendida en sus brazos, para poder hacer lo que había deseado desde el momento que la vio en la boda de Davina: llevarla a la cama.

–No puedo obligarte a trabajar para mí, Tamsin –continuó él–, pero ¿quién creerá que has rechazado la oportunidad de tu vida? Sólo tengo que dejar caer un comentario en una fiesta para disparar los rumores. Enseguida se sabría que tus ideas no me gustaron y que decidí no contratarte. Me temo que sería el final de Spectrum –concluyó con satisfacción–. Así que a menos que quieras que eso ocurra, te sugiero que estés preparada el viernes a las diez.

Capítulo 6

EL AVIÓN de Bruno aterrizó en Florencia el viernes a mediodía. Aparte de preguntar a Tamsin si estaba cómoda, la ignoró prácticamente durante todo el viaje, concentrado en su ordenador y con el móvil pegado al oído. Pero en cuanto subieron a la limusina que les esperaba, él pareció relajarse.

–Por fin en casa –murmuró satisfecho apoyándose en el respaldo y estirando el brazo–. He viajado por todo el mundo, pero para mí Florencia es la ciudad más hermosa del mundo. ¿Has estado aquí alguna vez, Tamsin?

–En Italia sí, pero no en Florencia. Pasé la luna de miel en Roma. Es una ciudad preciosa –dijo Tamsin.

Recordó lo feliz que fue y lo enamorada que estaba de Neil las dos maravillosas semanas después de su boda. Entonces creyó que eso era el preludio del resto de sus vidas, pero su matrimonio terminó menos de un año después, cuando se dio cuenta de que su esposo nunca había tenido la menor intención de serle fiel.

Qué tonta e ingenua había sido, pensó mirando el adusto perfil de Bruno. Éste volvió la cabeza, y la miró con sus ojos duros e implacables. La perfecta simetría de sus facciones podría ser obra de uno de los grandes maestros de la pintura italiana, y aunque se decía que lo odiaba, su corazón se encogía cada vez que lo miraba. Sin duda, le atraían los hombres sin escrúpulos y sin corazón, se dijo ella, pero no volvería a dejarse engañar. Bruno le afectaba como nadie antes, pero estaba resuelta a luchar contra esa atracción.

Desde el momento que entró en el despacho de su hermano y vio la expresión esperanzada de su rostro supo que tenía que aceptar el encargo. Pero aunque Bruno la obligó a trasladarse a Italia con él, estaba decidida a mantener su relación exclusivamente a nivel profesional, y afortunadamente él parecía haber tomado la misma decisión. El deseo que ardía en sus ojos unos días atrás había desaparecido, y ahora cuando la miraba lo hacía con frío desdén.

El tráfico era intenso, pero por fin el coche alcanzó un edificio de apartamentos junto al río Arno y Bruno la llevó al interior.

—Esta tarde tengo una reunión, así que iremos a la villa después —explicó, mientras ella miraba con curiosidad a su alrededor.

El elegante salón era enormemente espacioso, de techos altos y paredes claras. Las cortinas vestían las ventanas desde las que se tenía una espectacular panorámica del río y del Ponte Vecchio. Los gustos de Bruno eran caros y eclécticos: los cuadros de las paredes eran obras originales de artistas modernos y pintores renacentistas, y entre los muebles había sofás tapizados en seda y otras antigüedades.

—Es espectacular —murmuró ella.

—*Grazie* —dijo él con una distante sonrisa—. En Villa Rosala quiero recrear la sensación de luz y espacio, pero como verás más tarde hay mucho trabajo —echó una ojeada al reloj y fue a la puerta—. Estaré el resto del día en mi despacho. Si quieres ir de compras, uno de mis guardaespaldas, Tomasso, te acompañará.

—No necesito un guardaespaldas —protestó Tamsin.

Lo único que le había animado en los últimos días era la idea de explorar el rico legado cultural de Flo-

rencia. Pero prefería hacerlo sola, no con uno de los
matones que les habían acompañado desde el aterri-
zaje del avión.

—Tomasso estará contigo en todo momento —le informó él—. Mientras trabajes para mí, tu seguridad es
mi responsabilidad —dijo en un tono que no admitía ré-
plica antes de salir del apartamento.

Era estúpido pensar que Bruno estaba preocupado
por ella, se dijo mientras recorría las calles del centro de
Florencia con Tomasso pegado a sus talones en todo
momento. Seguramente debía de creer que además de
cazafortunas era una ladrona, y por eso insistía en que
le acompañara un guardaespaldas.

Pero el sol y la rica historia cultural de Florencia
como cuna del Renacimiento pronto le hicieron olvidar la situación en que se hallaba. Después de hacer
cola durante una hora para entrar en la Galería de la
Academia, cuando se vio por fin delante del *David* de
Miguel Ángel sintió que la espera había merecido la
pena. La Galería de los Uffizi también era igual de espectacular, y para su sorpresa Tomasso resultó ser un
excelente guía y buen conocedor de la historia y cul-
tura de su país.

Para cuando regresaron al apartamento de Bruno ya
estaba atardeciendo. Tamsin estaba cansada, pero feliz.
Tomasso sólo hablaba italiano, pero los dos lograron co-
municarse con gestos y los dos estaban riendo cuando
entraron por la puerta. Sus sonrisas se desvanecieron
al ver a Bruno esperándolos muy serio. Dijo algo en
italiano a Tomasso que se puso rojo como un tomate y
salió sin mirar a Tamsin.

—Parece que ningún hombre entre dieciséis y sesenta y cinco años está a salvo de tus encantos, *bella*
—le dijo a ella sarcástico—, pero te agradecería que evi-
taras flirtear con mis empleados.

–No estaba flirteando con él. Sólo estábamos divirtiéndonos –se defendió ella acaloradamente, con las mejillas encendidas.

–¿Igual que te divertías con James Grainger?

–Oh, por el amor de Dios –instantáneamente la felicidad de Tamsin se desvaneció y sus hombros se hundieron con desánimo.

Una excelente actriz, pensó Bruno endureciéndose por dentro al ver el brillo de las lágrimas en los ojos azules. La muy astuta sabía cómo manipular a los hombres. Apenas había pasado unas horas con Tomasso y el muy desgraciado ya estaba rendido a sus pies, se dijo con irritación. Con una falda amarilla y una blusa blanca sin mangas, Tamsin era la personificación de la inocencia, aunque también estaba increíblemente sexy. Llevaba el pelo recogido en un moño del que salían algunos mechones que le enmarcaban la cara, y él sintió deseos de quitarle el pasador y enterrar la cara en los sedosos mechones dorados.

Mientras ella estuvo divirtiéndose por Florencia con su guardaespaldas, él había pasado varias horas en una importante reunión con su junta directiva. Para su incredulidad, tuvo que hacer un esfuerzo para concentrarse en la reunión y dejar de pensar continuamente en ella en lugar de en formas de aumentar los beneficios de la compañía en su expansión asiática, y eso le enfurecía. Para él, el trabajo era siempre lo primero, y sin embargo durante aquella reunión no había hecho más que desear que terminara para pasar el resto del día con una mujer a la que despreciaba, pero que le intrigaba más que ninguna otra mujer antes.

Encolerizado, desvió la mirada y trató de contener sus hormonas. Estaba seguro de que la intensidad con que la deseaba se debía en parte a la resistencia que ella ofrecía y a la ardiente pasión que hervía entre ambos. Cuanto antes la hiciera suya mejor, se dijo. Así él tendría el control, y como con todas sus aventuras, significaría el principio del fin. Sus amantes nunca le interesaban durante mucho tiempo, y no esperaba que aquella pálida rosa inglesa fuera diferente.

La miró una última vez y vio que tenía un aspecto cansado y frágil, con los ojos muy abiertos.

–Cambio de planes –le informo él de repente–. Es tarde y he decidido quedarnos aquí esta noche e ir a la villa mañana. ¿Algún problema?

«Sí, tú», pensó Tamsin, todavía dolida por la acusación de que había estado coqueteando con el guardaespaldas.

–Cuanto antes empiece a trabajar, antes podré irme, lo que seguro es mejor para los dos –le espetó ella.

Bruno maldijo en voz baja.

–Dime una cosa, *bella*, ¿piensas estar enfadada indefinidamente porque frustre tus planes de asegurarte un amante cargado de millones y de años?

–Yo nunca he buscado en James un amante –protestó ella echando las manos en el aire–. No me interesa su dinero.

Bruno la miró con incredulidad.

–Eso me resulta difícil de creer, dado tu carísimo estilo de vida. Tienes un coche de gama alta y la ropa que vistes no puede ser barata –observó–. ¿Cómo puedes permitirte comprar en las mejores tiendas de Bond Street con un sueldo como el que debes de tener en Spectrum? Alguien tiene que estar complementando tus ingresos, y mi sospecha es que se lo has estado sacando a James –le acusó con crueldad.

–¡No es verdad! –protestó ella con las mejillas encendidas–. James nunca me ha comprado nada.

–¿Qué me dices del collar de diamantes de varios miles de libras?

—Eso es distinto, me lo regaló por mi cumpleaños —a Tamsin le ardía la cara—. No costó miles de libras, ¿verdad? —titubeó—. Sabía que no tenía que haberlo aceptado, pero... no quise herir sus sentimientos.

—Qué considerada, *bella*.

El tono socarrón de su voz la irritó todavía más.

—El coche y la ropa los compré con un dinero que heredé —le dijo furiosa—. No era una fortuna, pero era una cantidad importante. Lo más sensato habría sido invertirlo —reconoció—, pero los dos últimos años después del divorcio no han sido muy agradables y cuando recibí el dinero mi familia me animó a soltarme la melena por una vez, y lo hice —añadió desafiante—. A James nunca le he pedido nada, y desde luego tampoco que invirtiera en Spectrum. Mi hermano me dijo que James se lo ofreció, pero tú como siempre tienes que pensar lo peor.

Parpadeó con rabia para contener las lágrimas que amenazaban con derramarse. Bruno la miraba como si fuera un pegote desagradable en la suela del zapato, y ella se enfureció consigo misma. ¿Por qué tenía que importarle lo que pensara él? Pero lo cierto era que le importaba, y no pudo apartar los ojos de él.

Enfundado en un traje negro, rezumaba una confianza en sí mismo y un magnetismo sexual que provocaba en ella una reacción que era incapaz de controlar. Odiaba lo mucho que la afectaba, y más aún el brillo socarrón de sus ojos.

—¿Qué hay en tu pasado que te ha hecho un hombre tan amargado y desconfiado? —quiso saber ella.

Seguro que se había enamorado de una mujer que al final sólo lo quería por su dinero. Aunque era imposible imaginar al cruel Bruno que ella conocía enamorado. Quizá en su juventud...

Bruno quedó en silencio un largo rato, pero por fin la miró y habló.

–Oh, sí, ya lo creo que hay algo –murmuró con desprecio, helándole la sangre–. Crecí en Villa Rosala, un lugar idílico con unos padres que se adoraban. Cuando murió mi madre, más o menos a la misma edad que Lorna Grainger cuando falleció, mi padre quedó destrozado. Después de treinta maravillosos años de matrimonio, se quedó solo y perdido, a pesar de los esfuerzos de mi hermana y míos para consolarlo. Entonces conoció a una joven.

El rostro de Bruno se endureció.

–Miranda era una actriz totalmente carente de talento pero dispuesta a acostarse con cualquiera que le ayudara a avanzar en su carrera, o al menos a aumentar sus cuentas bancarias. Cuando conoció a mi padre, ella tenía veintitantos años y él ya había cumplido los sesenta. En cuanto Miranda se enteró de que mi padre era el presidente de la Casa Di Cesare se pegó a él como una lapa. Se casaron pocas semanas antes del primer aniversario de la muerte de mi madre –le contó amargamente–, y Miranda inmediatamente insistió en que se mudaran a una casa enorme en la ciudad, más apropiada para su nuevo puesto social de esposa de multimillonario.

–¿Y tú te quedaste en Villa Rosala? –preguntó ella.

–No, yo estaba entonces en el último año de la universidad –dijo él–. Mi padre quería que viviéramos todos juntos como una familia –Bruno soltó una risa–. Yo le quería, y quería estar con mi hermana, Jocasta, así que me mudé a la nueva casa, consciente de que era lo bastante grande para poder evitar a Miranda. Ella, sin embargo, tenía otras ideas.

El rostro de Bruno se endureció y Tamsin se estremeció al ver el destello de rabia en sus ojos.

–¿Qué quieres decir?

–Quiero decir que mi querida madrastra rápidamente se aburrió de tener a un esposo inválido que le triplicaba la edad y pensó que yo podría proporcionarle una vida sexual más activa que la que estaba teniendo con mi padre.

Bruno vio la expresión escandalizada del rostro de Tamsin y su boca se curvó en una lúgubre sonrisa.

—Cuando me negué a seguirle la corriente, ella se puso furiosa y me aseguró que se vengaría por rechazarla —continuó explicando él—. No recuerdo exactamente con qué razón me llevó a su dormitorio, pero baste decir que cuando llegué estaba desnuda y se tiró a mis brazos justo a tiempo para que entrara mi padre y me encontrara, o eso él creyó, haciéndole el amor a su mujer.

Tamsin no pudo contener una exclamación de indignación.

—Pero tu padre te creyó, ¿no?

Bruno sacudió la cabeza.

—Desafortunadamente yo infravaloré la capacidad interpretativa de Miranda, que dio una actuación digna de un Óscar, insistiendo en que yo llevaba tiempo persiguiéndola sin cesar, que no la dejaba en paz, y que había llegado a intentar tomarla por la fuerza.

—¿Te acusó de intentar violarla?

Tamsin no pudo ocultar el horror que la sola idea le producía, pero Bruno debió de malinterpretar la expresión de asco de su cara, porque masculló entre dientes:

—No la toque.

Pero no era necesario que se defendiera. Tamsin veía la verdad reflejada en el rostro masculino, y supo instintivamente que era la verdad. Bruno nunca intentaría forzar a una mujer contra su voluntad. A pesar de cómo la trataba, estaba segura de que era un hombre honorable con una fuerte vena protectora, tal y como había demostrado al asignarle un guardaespaldas aquella tarde. También sabía sin que él se lo dijera que había amado muchísimo a su padre y que la negativa a creerle frente a las mentiras de su esposa tuvo que resultarle tremendamente dolorosa.

–¿Y qué pasó? –preguntó ella.

–Mi padre me echó de casa y me dijo que no quería volver a verme nunca más –dijo Bruno sin emoción–. Y su deseo se hizo realidad. Según supe más tarde, por fin se dio cuenta de todas las mentiras de Miranda, sobre todo cuando descubrió que ella había tenido numerosos amantes. Pero entonces ya era demasiado tarde. Había perdido el respeto de sus amigos y colegas y también la confianza de la junta directiva. Una serie de malas decisiones estuvieron a punto de arruinar la Casa Di Cesare. Entonces yo me había ido a Estados Unidos y vivía con Fabio, un primo de mi padre, donde seguíamos al frente de la línea de Hogar y Decoración de la compañía. Allí supe que mi padre se arrepentía de lo que me había hecho, pero murió antes de poder reconciliarnos.

–Oh, eso es terrible –susurró Tamsin.

–No, *bella,* es el poder destructivo del amor –le dijo Bruno con dureza–. A mi padre lo cegaron sus sentimientos por Miranda y no se dio cuenta de que sólo le interesaba su dinero. Si hubiera sido un poco más listo, se habría acostado con ella hasta que se le pasara la fascinación que sentía por ella, pero en lugar de eso lo perdió todo por culpa del «amor», incluida su relación conmigo.

Mascullando una maldición, Bruno abrió las puertas de cristal y salió a la terraza. Allí se sujetó a la barandilla con tanta fuerza que se le pusieron los nudillos blancos. Después de unos momentos, Tamsin lo siguió y se quedó en la puerta.

–El día que me echó de su vida juré que nunca confundiría el deseo con una emoción más profunda –continuó él–. El amor debilita y destruye, y eso no me pasará a mí –de repente giró en redondo y se acercó a ella, sujetándole la barbilla entre los dedos–. Ésta es la única verdad que existe entre un hombre y una mujer, *bella mia*, el intercambio mutuo de placer sexual no requiere estúpidas emociones ni ridículas promesas de amor eterno –le aseguró antes de bajar la cabeza y tomarle la boca con un beso fuerte e intenso que tenía toda la intención de dominar.

Horrorizada, Tamsin no tuvo tiempo de pensar ni defenderse, pero mantuvo los labios apretados a pesar de que su cuerpo se iba relajando y disfrutando de las caricias de las manos masculinas en las caderas y las nalgas mientras él la pegaba contra las sólidas columnas de los muslos. Con un gemido, incapaz de resistirse más, Tamsin entreabrió los labios y le ofreció la boca.

Su debilidad por él era humillante, pero no podía resistirse. Le rodeó el cuello con los brazos y echó la cabeza hacia atrás, para acomodarse mejor a él y permitirle explorar mejor su boca. Sintió los dedos masculinos tirar impacientemente de la blusa y lo oyó maldecir cuando le arrancó los botones, que salieron disparados en todas direcciones. Después él le apartó la copa del sujetador sin apenas contener su necesidad, y durante unos segundos Tamsin sintió el aire frío en la piel desnuda, hasta que él dejó de besarla en la boca y bajó la cabeza, acariciándole el pezón con la lengua y después cerrando los labios sobre la aureola erecta.

Tamsin gimió arqueándose hacia atrás, olvidándolo todo excepto la urgente necesidad de que continuara succionándola con la boca y acariciándole el otro pezón entre el índice y el pulgar.

–Por mucho que me desprecie por esto, te deseo, Tamsin –masculló él levantando la cabeza y mirándola a los ojos–. Te vi con James Grainger y supe que eras como mi madrastra. Pero desafortunadamente saberlo no hace nada para apagar este fuego que siento por ti.

Aquellas palabras fueron como un chorro de agua helada y Tamsin trató de apartarse de él.

–Tú me deseas con la misma intensidad –le dijo él retándola a negarlo–. Pero si estás esperando que lo vista de palabras bonitas y promesas que no voy a cumplir, estarás esperando mucho tiempo, y sólo conseguirás que los dos estemos muy frustrados.

Le llevó la mano al pecho, pero para sorpresa de Tamsin, colocó el sujetador en su sitio y cerró los dos lados de la blusa.

–Los dos reconocimos el deseo que existe entre nosotros desde el momento que nos vimos. ¿Por qué resistirnos, *bella*? Sabes que los dos disfrutaríamos mucho, pero tú no soportas no ser capaz de engañarme con tu inocente sonrisa. Tarde o temprano vendrás a mí –se burló él–, y será mejor que no me hagas esperar demasiado.

Las palabras de Bruno lo devolvieron a la realidad, y Tamsin se estremeció de vergüenza y asco.

–Me temo que tendrás que esperar eternamente –le dijo ella apretando los dientes para evitar que temblarán–. Reconozco que sabes tocar las teclas adecuadas, Bruno. En técnica debo darte un diez, pero no busco un semental. Sólo quiero que me dejes en paz para hacer el trabajo que he venido a hacer aquí. Así que haznos un favor a los dos y vete a aliviar tus frustraciones sexuales con otra mujer.

Capítulo 7

CUATRO semanas más tarde Tamsin se refugió del sol de mediodía bajo la sombra de los cipreses y contempló la vista desde la parte posterior de Villa Rosala. La luz del sol reverberaba sobre los campos de olivos y trigo que se extendían hacia las montañas.

La Toscana en pleno verano era sencillamente espectacular. Allí había conseguido un trabajo de ensueño, diseñando los ocho dormitorios y numerosos salones de una casa de la que se había enamorado a primera vista. Entonces ¿por qué estaba tan inquieta?

Porque Bruno no había ido ese fin de semana, reconoció, despreciándose por ser tan débil en lo que a él se refería. Desde que llegaron a Italia, Bruno había pasado las semanas en Florencia y los fines de semana en Villa Rosala, desde el viernes por la tarde hasta el lunes a primera hora, y aunque ella se despreciaba por reconocerlo, esperaba su llegada con creciente ansiedad.

Aunque sus conversaciones giraban alrededor de los trabajos de decoración, parecía haber entre ellos una tregua tácita, algo difícil de imaginar tras la explosiva confrontación en la terraza del apartamento de Florencia.

Durante el trayecto a la villa a la mañana siguiente, Tamsin evitó hablar con él e incluso mirarlo, pero al llegar a la magnífica y espaciosa villa, fue incapaz de ignorar la atracción que existía entre ellos, consciente del deseo que brillaba en los ojos de Bruno y que sabía se reflejaba también en los suyos.

–Te juro que en mi amistad con James no existen motivos ocultos, y no le habría permitido que me comprara nada aunque él hubiera insistido –le había asegurado ella durante la última visita de Bruno, cuando insistió en sus mordaces comentarios sobre mujeres avariciosas y viejos ricos y seniles.

Entonces estaban sentados en la terraza disfrutando de los últimos rayos de sol, Bruno con aspecto de semidiós, enfundado en unos chinos y una camisa en tonos crema y los ojos ocultos tras un par de gafas de sol oscuras. Con aquel cuerpo podía tentar a un santo, había pensado Tamsin, y mucho más a una mujer que hacía años que no tenía relaciones sexuales y cuya libido había cobrado vida de repente.

–En lugar de eso te compraste ropa de marca con dinero heredado, ¿no? –había comentado Bruno a modo de respuesta.

–Así es.

–Pero la historia de la herencia no parece tan sencilla, *bella* –continuó él–. Ese dinero no te lo dejó un abuelo o un pariente rico. Tengo entendido que durante años te hiciste amiga de un caballero mayor, un vecino que vivía solo desde la muerte de su esposa y no tenía más familia.

Tamsin se preguntó cuántas cosas más sabría de ella, pero por fin asintió con la cabeza.

–Sí, Edward Abbot, Ted, llevaba muchos años solo. Era un hombre maravilloso y fascinante. Pilotó aviones Spitfire durante la Segunda Guerra Mundial y fue derribado en Francia. Tenía artritis, lo que significaba que no podía caminar muy bien, pero no quería ir a una residencia. Yo le hacía la compra y le ayudaba en la casa, aunque en realidad creo que sólo le gustaba tener compañía. Cuando murió, no podía creer que me hubiera nombrado su única heredera.

–No, debió de ser una sorpresa, aunque muy agradable –comentó Bruno burlón.

¿O sea, que Bruno creía que sus amistades con Ted y James eran parte de un maquiavélico plan para hacerse con su dinero? Tamsin sintió náuseas y se alejó antes de que él viera las lágrimas de rabia y humillación que le llenaban los ojos.

–No puedes ir por la vida pensando que todas las mujeres somos como tu madrastra –le espetó ella.

Pero eso era lo que había hecho Bruno desde el día que su padre volvió a casarse con Miranda. Tamsin comprendía las razones de la amargura de Bruno, pero no que él insistiera en compararla con la segunda esposa de Stefano Di Cesare.

Poco después de aquella discusión Bruno se había montado en su coche y salido de la villa a toda velocidad, indicando su impaciencia por salir de allí cuanto antes. Los días que siguieron pasaron lentamente, y aunque ella había contado las horas hasta el siguiente viernes por la tarde, Bruno no apareció, ni entonces ni en todo el fin de semana. Ahora era lunes y ella se había resignado a no verlo hasta el siguiente fin de semana.

Era evidente que otros intereses lo retenían en Florencia, pensó recordando la imagen de la espectacular belleza morena que colgaba de su brazo en una fotografía del periódico. Al verlos Tamsin sintió un nudo en el estómago. Claro, se dijo irritada consigo misma por su reacción, tenía que tener una amante. Era un donjuán multimillonario y muy apuesto, y no iba a vivir como un monje.

Maldiciendo su estupidez, Tamsin se estiró en la

hierba y cerró los ojos. Llevaba toda la semana durmiendo mal, y había perdido el apetito a pesar de las
maravillosas comidas que le preparaba Battista, el ama
de llaves y cocinera de la villa.

Estaba hecha un lío, reconoció asqueada, y hasta su
orgullo parecía haberla abandonado, porque aunque
sabía que Bruno la despreciaba, no podía dejar de pensar en él ni imaginar hacer el amor con él.

Una sombra le ocultó el sol. Tamsin frunció el ceño
y se agitó ligeramente antes de abrir lentamente los
ojos y encontrarse con el perfil de Bruno, que estaba
tumbado a su lado en la hierba, apoyado en un codo.
Recortada contra la luz amarillenta del atardecer, su si-
lueta le recordó la de una exquisita escultura clásica.
Pero cuando él volvió la cabeza hacia ella, Tamsin fue
muy consciente de que la piel bronceada no estaba cin-
celada en mármol, y supo que sería cálida y sensual al
tacto de sus dedos.

Sorprendida por la inesperada aparición, Tamsin no
pudo ocultar el destello de deseo que brilló en sus ojos.
Los límites entre sueño y la realidad estaban borrosos,
y no sabía si lo que veían sus ojos era real o sólo un
producto de su imaginación, pero no le importó, y levantó la mano hacia él en una invitación muda.

–¿Sueles llorar cuando duermes?

La voz masculina disipó las telarañas que le ofusca-
ban la mente y Tamsin rápidamente bajó la mano y se incorporó para sentarse. Tenía las mejillas mojadas, pero
cuando fue a secárselas él la detuvo y atrapó una lá-
grima solitaria con el pulgar.

–Es un sueño que tengo a veces –dijo ella temblando–. No es nada.

Hacía meses que no tenía aquel sueño, pero el hecho de volver a tenerlo era un indicio del estado de nervios y desasosiego emocional en que se encontraba. Se movió nerviosa bajo la mirada curiosa de Bruno, y sintió la conocida punzada de deseo al verlo enfundado en unos vaqueros desteñidos que le marcaban los muslos y una camiseta negra que ceñía perfectamente sus músculos abdominales.

–Llamabas a Neil, te he oído desde la piscina –dijo él bruscamente–. Ése era el nombre de tu marido, ¿no? ¿Sueñas a menudo con él?

Tamsin frunció el ceño.

–No, nunca que yo recuerde –respondió tensa–. Tienes que haberte equivocado. Es la última persona con quien soñaría –dijo sin ocultar la amargura que sentía, y se ruborizó cuando Bruno la miró con curiosidad.

–¿Por qué os separasteis? Tengo entendido que sólo estuvisteis casados un año. El amor no duró –murmuró él burlón, recordándole a Tamsin su opinión del matrimonio.

Bruno no creía en el amor ni en la fidelidad. Jamás habría entendido la desolación que le embargó cuando supo que Neil le era infiel, pero no tenía la menor intención de contárselo.

–Nos dimos cuenta de que queríamos cosas diferentes de la vida –dijo ella–. Tarde o temprano, la relación tenía que terminar, y era mejor hacerlo antes.

Bruno percibió el tono de dolor en su voz y eso lo irritó. Tamsin parecía muy afectada por el fracaso de su matrimonio, aunque él no entendía por qué detestaba la idea de que ella siguiera sintiendo algo por su ex marido.

–Estoy segura de que el acuerdo de divorcio fue una buena fuente de consuelo –dijo él con su habitual desprecio–. Tengo entendido que tu ex marido estaba forrado.

Tamsin respiró profundamente y se puso en pie.

—Ni siquiera me voy a molestar en responder a eso —masculló entre dientes—. Piensa lo que quieras, Bruno. No me importa. ¿Y qué haces aquí? Creía que estabas ocupado con tu chica.

—¿Cuál de ellas? —preguntó Bruno siguiéndola por el césped.

—La que aparece en el periódico de hoy colgada de tu brazo —masculló Tamsin.

Tamsin siguió caminando hacia la villa, pero Bruno no tardó en llegar a su altura, divertido por su reacción.

—Te refieres a Donata.

—No te podría decir —dijo ella—. Me temo que no tengo la lista de los nombres de tus amantes.

—Es una lista muy larga, *cara* —dijo él con una sonrisa que a Tamsin le hizo dar un vuelco al corazón, una sensación terrible muy parecida a los celos—. Pero Donata no es una de ellas. Es mi prima segunda, y la única bisnieta de Antonio Di Cesare. Aparte de mí, claro.

Tamsin se encogió de hombros, fingiendo desinterés, pero Bruno continuó.

—Ayer salí con dos mujeres preciosas, por cierto.

—Qué suerte para ti.

—Era el cumpleaños de mi hermana Jocasta y siempre lo paso con ella. A Jocasta le afectó de manera especial la pelea que tuve con mi padre —el humor de Bruno pronto se desvaneció y su expresión se ensombreció—. Cuando murió mi madre, ella sólo tenía cinco años y se refugió en mí, su hermano mayor, y cuando mi padre volvió a casarse, me necesito más que nunca. A Miranda no le gustaban los niños —añadió—. Y cuando mi padre me echó de casa, me prohibió también ver a Jocasta. Sólo volvimos a vernos después de la muerte de mi padre, cuando yo volví a Italia y cuidé de ella hasta su mayoría de edad. Seguimos estando muy unidos, y ayer la llevé a ella y a nuestra prima a uno de los mejores restaurantes de Florencia para celebrar su cumpleaños.

Bruno quedó en silencio. Por su expresión, era evidente que estaba pensando en el pasado y en el odio hacia la mujer que destruyó su relación con su padre. Tamsin suspiró. Bruno parecía resuelto a creer que ella era una mujer como su madrastra, y no sabía cómo convencerlo de lo contrario.

–Los trabajos en la villa están avanzando –dijo ella cuando entraron en el vestíbulo de la mansión–. Ya han colocado los nuevos suelos de terracota, y prácticamente toda la planta baja está pintada.

Tamsin saludó con la cabeza a los trabajadores, que estaban ocupados dando una capa de pintura en un suave tono dorado a las paredes del espacioso vestíbulo. Ella había establecido una buena relación con todos los contratistas y sonrió a los hombres con amabilidad, ajena a las miradas que recorrían sus largas y bronceadas piernas y se detenían en los vaqueros que le ceñían las nalgas.

Pero Bruno sí que se dio cuenta, y sintió ganas de agarrar a los pobres trabajadores por el cuello y expulsarlos de su casa. No les pagaba para mirar a su mujer, pensó furioso, dirigiéndoles una mirada fulminante para que volvieran al trabajo antes de seguir a Tamsin al salón.

¿Desde cuándo había empezado a pensar en ella como *su mujer*?, se preguntó de repente irritado.

Pero pronto lo sería, se dijo con firmeza. Todos sus intentos de borrarla de su mente habían fracasado y llevaba cuatro semanas de agonizante frustración. Su única alternativa era agarrar al toro por los cuernos y seducirla hasta su cama.

Le enfurecía el poder que Tamsin parecía ejercer sobre él. A pesar de sus protestas de inocencia, Bruno seguía convencido de que el objetivo de su amistad con James Grainger era de tipo económico, y que hubiera hecho lo mismo con el anciano héroe de guerra Edward Abbot no hacía más que reforzar su creencia.

Claro que nada de eso servía para aplacar su deseo. No podía dejar de pensar en ella, y estaba resuelto a tomar las medidas necesarias para controlar la situación. La obsesión de su padre con una buscona maliciosa le había causado un importante daño tanto personal como profesional, pero él no estaba obsesionado con Tamsin, se aseguró Bruno. Sólo quería acostarse con ella y terminar con aquella estúpida atracción.

—He preparado un mural de tejidos y colores para el comedor, pero no sé si tienes tiempo para echarles un vistazo —dijo Tamsin—. ¿Cuándo vuelves a Florencia, esta noche o mañana?

—Me quedaré aquí unos días —dijo Bruno mientras admiraba el cambio que se había producido en la sala de estar, ahora que las paredes oscuras se habían pintado en tonos crema y melocotón—. No tengo ninguna reunión a la vista, y puedo trabajar aquí.

—Ya —a Tamsin le dio un vuelco el corazón, e inmediatamente decidió que tendría que evitarlo en la medida de lo posible. No quería revelar sin querer lo mucho que anhelaba estar de nuevo en sus brazos—. Procuraré que mi presencia no te moleste —murmuró.

Tamsin hizo amago de marcharse, pero él se acercó y le bloqueó el paso.

—No creo que lo consigas, Tamsin —dijo él en voz baja—. Tu presencia me ha afectado desde el primer momento que te vi.

Los ojos masculinos brillaron en una inconfundible invitación, pero Tamsin encontró la fuerza de voluntad necesaria para luchar contra la oleada de calor que le inundó por completo.

–Cuando decidiste que mi intención era estafar a un viudo vulnerable, supongo –le espetó ella con frialdad.

Bruno estaba muy cerca. Tamsin sentía el calor de su cuerpo y respiraba el sutil olor de su colonia. Tenía que apartarse de él ya, mientras todavía era capaz de pensar, pero él estiró una mano y le acarició la mejilla con el dedo antes de tomarle la barbilla en la palma de la mano.

–He estado pensando en eso –murmuró, su voz aterciopelada y sensual–, y quizá me haya equivocado contigo.

–Eso no te lo crees ni tú –susurró Tamsin, aunque no pudo evitar un rayo de esperanza en su corazón–. Para ti, yo soy como tu madrastra.

Bruno estaba cada vez más cerca, y ahora le rodeó la cintura con el brazo, pegándola íntimamente a él.

–No soy como crees –le dijo ella con la voz ronca, sin poder apartar los ojos de los de él–. Ahora que conozco tu pasado entiendo por qué has pensado lo peor de mí, pero te juro que mi amistad con James no tiene ningún motivo oculto.

Tamsin no soportaba que la considerara una mujer sin escrúpulos, pero en ese momento lo único que deseaba era que Bruno la besara, y todos sus temores se desvanecieron al instante.

La última vez que la besó, en la terraza de su apartamento, él quiso dominarla y castigarla. Esta vez, sin embargo, en el beso hubo una ternura que terminó con las frágiles defensas femeninas, y ella le respondió con toda la intensidad que se había ido acumulando en ella desde su llegada a Italia.

Bruno le deslizó las manos por el pelo y le ladeó la cabeza para acomodarse mejor a ella.

–Eres una fiebre que me hace arder la sangre –rugió él, odiándose por su debilidad, pero llevaba semanas fantaseando con hacerle el amor y ahora que la tenía en sus brazos fue incapaz de resistir la tentación de la piel suave y sedosa bajo los dedos.

Mascullando una maldición, tiró de los bordes de la camiseta hacia arriba y se la quitó por la cabeza. Tamsin no lo detuvo, y cuando él le desabrochó el sujetador, ella se estremeció y lo miró sin ocultar su excitación.

Tamsin dejó escapar un gemido cuando él le tomó los senos con las manos. Bruno sabía muy bien qué quería ella, y su cuerpo se endureció bajo los vaqueros cuando deslizó la boca por la garganta femenina hasta los pezones.

—Estoy dispuesto a aceptar que me he equivocado contigo, *bella* –murmuró él levantando la boca de su pecho para volver a besarla en los labios, pero frunció el ceño al darse cuenta de que no era sólo una frase para seducirla.

¿Era posible que se hubiera equivocado con ella?, pensó mientras estudiaba la delicada belleza del rostro femenino.

En ese momento no era lo que más le importaba. El contraste entre la piel sedosa y pálida contra su piel bronceada era una tentación irresistible. Quería ver y sentir el cuerpo desnudo de Tamsin bajo el suyo. Por eso dejó de pensar y le desabrochó el botón de los pantalones antes de tenderla en el sofá.

Al ir a tumbarse junto a ella, tiró una mesa baja de madera, donde estaban las revistas de diseño de Tamsin y un montón de tarjetas que cayeron al suelo.

—Debes de haber escrito a media Inglaterra –murmuró él recogiendo algunas de las tarjetas con fotos de los monumentos más importantes de Florencia.

De repente se detuvo y clavó los ojos en una de ellas.

—¿Por qué le escribes a James?

–Yo... –Tamsin se humedeció los labios repentina-
mente secos–. Es sólo una tarjeta, para decirle cómo
van los trabajos, y el buen tiempo que hace. ¿Por qué
no iba a escribirle? –quiso saber irritada.

El deseo que había estado a punto de consumirla
unos segundos antes se tornó en rabia al ver el profundo desdén en los labios masculinos.

–James está solo en Ditton Hall. Annabel y Davina
están de viaje.

Tamsin también sabía que los médicos le habían re-
comendado descansar y reducir el número de visitas
durante las semanas siguientes al tratamiento de quimioterapia, pero eso no podía explicárselo a Bruno,
por mucho que él dudara de sus intenciones.

Bruno deslizó la mirada con insolencia sobre sus
senos desnudos. Los pezones seguían erectos, suplicando la posesión de su boca, y cuando le acarició uno
de los pezones con el dedo, oyó el apagado gemido
que escapó de los labios femeninos y vio el destello de
deseo en los ojos azules.

–¡Bruno, no! –exclamó ella cubriéndose el pecho
con las manos.

Dios, ¿cómo podía ser tan tonto? ¿Cómo podía haber empezado a creer en ella? No era más que una actriz, y muy lista por cierto, igual que su madrastra. Y él
no era mejor que su padre.

–Podría tomarte aquí mismo, Tamsin, y los dos sabemos que no me lo impedirías –dijo él con crueldad–.
Incluso reconozco que podría hacerlo y saciar mi deseo con tu cuerpo, pero de repente me siento muy exigente –masculló entre dientes, y se levantó.

Una vez de pie, Bruno contempló el cuerpo medio
desnudo de Tamsin con tanto desprecio que ella se sintió morir de humillación.

–¡No! –exclamó al verlo romper en dos la postal

que tenía escrita para James–. ¿Cómo te atreves? ¡No tenías ningún derecho! ¡Esto es ridículo! –protestó a la vez que volvía a ponerse la camiseta–. Escribiré a quien me dé la gana. Si piensas impedírmelo, me iré y terminaré el contrato. No puedes obligarme a quedarme.

–Ya lo creo que puedo, *bella* –murmuró él mirándola desde su altura–. Te quedarás aquí hasta que la decoración de la villa esté terminada, y después decidiré lo que hago contigo. Pero de momento olvídate de ir a Ditton Hall.

Y tras dirigirle una mirada cargada de desprecio, Bruno salió de la sala dejando a Tamsin temblando de rabia por haber caído de nuevo en sus brazos sólo para que él volviera a humillarla.

Capítulo 8

SE AVECINABA una tormenta y ni siquiera la brisa nocturna había logrado aplacar la sensación de bochorno. A pesar del aire acondicionado de la villa, Bruno no podía dormir y salió al jardín. Allí caminó hasta la piscina. Si algo había aprendido en las últimas semanas era que la frustración sexual era incompatible con una noche de descanso.

A principios de semana había regresado a Florencia, a las pocas horas de llegar a Villa Rosala, después de lo ocurrido con Tamsin, temiendo lo que podría ocurrir si continuaba bajo el mismo techo que ella. Su sentido común le decía que la olvidara y continuara con su vida, que se acostara con todas las mujeres que fuera necesario para expulsarla definitivamente de su mente.

Sin embargo, la semana había sido un auténtico tormento, y ni siquiera su secretaria logró disimular su alivio cuando él la mandó a casa el viernes a las seis de la tarde diciéndole que pasaría el fin de semana en Villa Rosala.

Soltando una maldición, se lanzó de cabeza a la piscina y nadó hasta que le dolieron los músculos, pero no logró relajar la tensión por completo. ¿Cómo podía aceptar sus sospechas sobre Tamsin y a la vez desearla con una intensidad tan desesperada? ¿Y cómo podía echar de menos su compañía? Durante las conversaciones sobre la decoración de la villa había descubierto que Tamsin era una mujer inteligente e interesante, y siempre que estaba en Florencia deseaba con impaciencia la llegada del fin de semana para poder disfrutarlo junto a ella.

Sí, Tamsin era diferente a las mujeres de su círculo social, reconoció nadando de espaldas mientras contemplaba el cielo cubierto de nubes. Pero no era diferente a todas esas mujeres que se sentía irremisiblemente atraídas por su fortuna. Mujeres como la segunda esposa de su padre.

Todos sus instintos le decían que Tamsin era otra Miranda, pero él no sería otro Stefano, se juró. Tenso de nuevo, empezó a deslizarse silenciosamente por el agua, completando largo tras largo mientras trataba de expulsarla de su mente.

Hacía calor, un calor bochornoso y pegajoso, y Tamsin tenía la sensación de estar en un horno. Sentía el dolor que iba creciendo en su interior hasta desgarrarla por dentro, arrancando los frágiles hilos de vida en su interior. Con un grito agónico, luchó contra la sábana que aprisionaba su cuerpo como si fuera un sudario y se sentó en la cama, jadeando. Al abrir los ojos, se dio cuenta de que estaba en su habitación de Villa Rosala.

Había estado soñando. El mismo sueño que incluso ahora, después de tanto tiempo, seguía siendo tan increíblemente real. Los retortijones de vientre y la terrible sensación de que le arrancaban algo de lo más hondo de sus entrañas eran tan reales como cuando sufrió el inesperado aborto de su hijo.

No quería pensar en ello, pero el dolor en su corazón seguía tan presente como entonces y no quiso volver a dormirse por temor a regresar a la pesadilla en la

que iba corriendo por interminables pasillos del hospital buscando a su hijo. La habitación era como un
horno sofocante y decidió salir a respirar un poco de
aire fresco. Bajó al jardín y allí el sonido lejano de un
trueno le avisó de que se avecinaba una tormenta esti-
val. Sin embargo, no pudo volver a entrar.

Llevaba dos semanas casi sin dormir, y cuando por
fin lograba conciliar el sueño, éste se veía atormentado
por eróticas imágenes de las manos de Bruno acari-
ciándola, de sus labios besándola, hasta que despertaba
empapada en sudor y sumida en una profunda frustración sexual.

No sabía a qué se debía el sueño del aborto, aunque se
dio cuenta de que se estaba convirtiendo en un desecho
emocional. De nada le serviría repetirse que el único motivo de pensar continuamente en Bruno era una obsesión meramente física. Desde el momento que lo vio
sintió una atracción irresistible hacia él, y tuvo la sensación de que sus almas estaban unidas por un cordel
invisible y una atracción magnética; a pesar del desprecio que Bruno mostraba hacia ella, a Tamsin le ate-
rrorizaba la idea de estar enamorándose de él.

Otro trueno rasgó el silencio de la noche y en ese
momento empezaron a caer gotas de lluvia. De repente, un relámpago iluminó el cielo y Tamsin lo vio.

–Bruno.

Por un momento creyó que eran imaginaciones suyas, pero un segundo relámpago iluminó perfectamente el cuerpo desnudo del hombre izándose de la
piscina.

Sí, estaba allí, en carne y hueso, y tan perfecto y
hermoso que Tamsin echó a caminar lentamente hacia
él, como en trance, por las escaleras que llevaban a la
piscina.

–Vuelve a la cama, Tamsin –la voz de Bruno rasgó

el silencio de la noche–. Hay tormenta y no deberías estar aquí.

Tamsin oyó sus palabras, pero continuó bajando los escalones. La luz del relámpago se había desvanecido, pero no antes de que ella atisbara a ver los firmes músculos del pecho y la increíble potencia de su erección.

Bruno estaba allí y ella lo necesitaba. Lo necesitaba para borrar el dolor de perder a su hijo, un dolor tan descarnado ahora como entonces. Quería una reafirmación de la vida, una prueba de que todavía podía experimentar la felicidad por fugaz que fuera y, sin detenerse a analizar lo que estaba haciendo, caminó hacia él.

–Tamsin, vete.

Bruno estaba a medio metro de ella, y Tamsin lo oyó contener el aliento cuando ella se alzó el camisón y se lo quitó por la cabeza quedando desnuda ante él, con los senos hinchados, los pezones erectos, suplicando las caricias de su lengua y de sus labios.

Bruno respiraba aceleradamente, tratando de controlar los impulsos que dominaban su cuerpo sin conseguirlo.

–Tienes una última oportunidad, *bella* –masculló él–. Si te toco, no podré parar. Esta vez no.

–No quiero que pares –susurró ella.

Sus ojos se estaban acostumbrando gradualmente a la oscuridad, y aunque no podía verlo con claridad era tan consciente de él que podía sentir el calor que emanaba del cuerpo masculino y oír cada uno de sus jadeos.

–No puedo seguir luchando contra ti, contra esto –reconoció ella.

La atracción entre ellos era una potente fuerza que ya no podía negar, y lo necesitaba con la misma desesperación que necesitaba el oxígeno para respirar.

El control masculino estalló de repente, violentamente.

–Tamsin.

Bruno estiró los brazos con cuidado, como si fuera un sueño y temiera que se desvaneciera al tocarla. Le acarició los brazos con las manos y le retiró el pelo húmedo de la cara con dedos que temblaban ligeramente.

Un trueno resonó sobre sus cabezas, y él la alzó contra su cuerpo mojado y le cautivó la boca con un beso hambriento y desesperado.

Hundiéndole una mano en el pelo, la sujetó con fuerza mientras la besaba con la misma intensidad que ella estaba respondiendo. Bruno sintió que el férreo control que había ejercido sobre su cuerpo en las últimas semanas había estallado por completo y su pasión era un torrente que lo arrasaba todo a su paso. Tamsin se colgó de sus hombros y lo besó sin reprimirse, consciente únicamente de la necesidad de sentirlo dentro de su cuerpo.

–Dios, ¿qué me haces? –masculló él alzándola en brazos y tendiéndola sobre el césped empapado para cubrir su cuerpo con el suyo–. Sabía que eras una hechicera. Me haces sentir el hombre más potente y fuerte del mundo, y a la vez me debilitas.

La última acusación se clavó en el corazón de Tamsin, pero ella, al igual que él, tampoco pudo resistirse. Deslizó los dedos por la cabeza morena mientras él le buscaba el pecho con la boca. Las gotas de lluvia caían con tanta fuerza que semejaban agujas clavándose en la piel, enervando cada terminación nerviosa hasta el máximo. Tamsin respiró la suave fragancia a tierra mojada mezclada con el primitivo olor de las feromonas masculinas, y cuando él le succionó un pezón con la boca, Tamsin arqueó la espalda y gimió de placer.

Su cuerpo estaba hecho para sus manos, pensó Tamsin cuando él le deslizó las manos por los costados y le separó las piernas con una impaciencia que la hizo temblar de antelación. Después la acarició sensualmente con los dedos antes de deslizar uno, después dos, en el interior de su cuerpo, preparándola para el momento de poseerla por completo.

–Bruno, ahora por favor –gimió ella clavándole las uñas en los hombros y bajándolo hacia ella.

No podía esperar. El sutil movimiento de los dedos masculinos en ella le provocaba un creciente nudo de tensión en la pelvis y con manos temblorosas le apartó el pelo mojado de la cara y lo miró a los ojos, mientras él se colocaba entre sus piernas. Tamsin notó la firmeza de su erección en el vientre y separó más las piernas, alzando las caderas para recibirlo.

La fuerza del primer empellón la sorprendió y el gemido que escapó de su garganta detuvo a Bruno en seco.

–¿Tamsin?

Pero ella rápidamente le rodeó el cuello con los brazos y tiró de él hacia abajo, para que continuara poseyéndola con la misma fuerza sorprendente y maravillosa. Tamsin lo sintió en la vagina y sonrió cuando los últimos vestigios del control masculino se hicieron añicos y él mantuvo el ritmo primitivo que los llevó a los dos en una espiral de placer desconocida hasta entonces, hasta que de repente Tamsin sintió su cuerpo suspendido durante unos segundos eternos antes de que el éxtasis la devorara y le hiciera sollozar el nombre masculino una y otra vez en la intensidad del orgasmo. Mientras ella se retorcía bajo su cuerpo, Bruno se detuvo un momento para respirar.

Tamsin abrió los ojos para verle la cara. Un rayo de luna se abrió paso entre las nubes e iluminó los pómulos masculinos justo cuando Bruno echó la cabeza hacia atrás y soltó una maldición en italiano. Tamsin supo que intentaba prolongar el momento del orgasmo, pero entonces él le dio un último empellón a la vez que le tomaba la boca en un beso abrasador. El cuerpo masculino se estremeció y Tamsin lo rodeó con sus brazos y lo pegó a ella.

Podía haberse quedado así para siempre, bajo la lluvia torrencial que azotaba sus cuerpos, pero por fin Bruno levantó la cabeza y la miró con una expresión indescifrable.

–Desde luego sabes elegir el momento, *bella* –gruñó.

Otro relámpago iluminó el cielo y él se levantó tirando de ella.

–Será mejor que entremos antes de que nos ahoguemos o nos electrocutemos, aunque los relámpagos no son nada en comparación con la energía sexual que generamos entre los dos –murmuró él.

Sin soltarse de la mano los dos corrieron hacia la casa, y Tamsin rezó en silencio para que Battista no se hubiera despertado y estuviera contemplando la tormenta desde la casa del servicio.

Para cuando llegaron al dormitorio de Bruno Tamsin estaba temblando. Los sutiles tonos de gris plateado y azul celeste le iban perfectamente, pensó contemplando la habitación, que era la primera que había terminado. Las lámparas de noche que había elegido complementaban perfectamente la decoración, pero la luz que emitían resultaba cegadora tras la oscuridad del exterior, y Tamsin se ruborizó cuando los ojos negros de Bruno se clavaron en ella.

–Ahora no puedes cohibirte –dijo él divertido cuando ella se cubrió el pecho con los brazos–. No después de lo que acabamos de compartir. ¿O sólo eres una gata salvaje en oscuras noches de tormenta?

–¡No digas eso! –Tamsin se estremeció al recordar

su desinhibida reacción, pero él la sujetó por las muñecas y le bajó los brazos.

El deseo se apoderó nuevamente de él y le tomó los senos con las palmas de las manos.

—Eres increíble, Tamsin —masculló él con voz ronca y pastosa—. Nunca he sentido este deseo por ninguna mujer, ni conocido una pasión tan fiera. Y ya quiero poseerte otra vez —confesó casi avergonzado de lo mucho que la necesitaba.

Tamsin bajó los ojos y vio la firme longitud de su erección. Dios, otra vez, y tan pronto. Una oleada de calor le recorrió las venas y le inflamó entre las piernas mientras él le frotaba los pezones con los pulgares. Tamsin lo miró, expectante, y él, mascullando una maldición, la levantó en brazos.

—La próxima vez disfrutaremos de la comodidad de mi cama en lugar de hacer el amor en un baño de barro, y hablando de baño...

Con el hombro empujó la puerta del cuarto de baño y la metió bajo la ducha. Allí le enjabonó cada centímetro de su cuerpo hasta dejarla jadeando de deseo. Le lavó el pelo y después de lavarse él la envolvió en una toalla y se tomó su tiempo para secarla hasta que Tamsin perdió la paciencia, se quitó la toalla y se colgó de su cuello.

—Ahora, Bruno. Por favor, ahora.

La enronquecida súplica lo desarmó por completo y, tomándola en brazos, la llevó de nuevo al dormitorio y juntos cayeron sobre la cama. Allí Bruno la alzó y la acomodó sobre sus caderas separándole las piernas.

—Oh, sí, *bella*, ahora —rugió él guiándola hacia su miembro hinchado. Al notar su vacilación, la miró a la cara—. ¿Nunca lo has hecho así?

Tamsin se ruborizó al oír la sorpresa en su voz y negó con la cabeza, abriendo los ojos al absorberlo dentro de su cuerpo y notar cómo él la sujetaba por las caderas y empezaba a mecerla arriba y abajo. Era exquisito, y cuando ella cayó hacia delante y él le tomó primero un pezón y luego el otro con la boca, estuvo segura de estar a punto de morir de placer. Pero en lugar de eso, la sensación continuó aumentando y sus últimas inhibiciones se disolvieron por completo hasta que los dos alcanzaron un clima tan intenso que ella casi perdió el sentido. Sólo el sonido de su nombre en labios masculinos la mantuvo unida a la realidad.

No sabía cuánto tiempo continuó tendida encima de él, sus cuerpos unidos, y el silencio de la noche roto sólo por sus jadeos, pero al final él la tendió sobre la cama de espaldas, se tumbó a su lado y cruzó los brazos debajo de la cabeza.

Al perder el contacto de su cuerpo, las dudas y los reproches se apoderaron de nuevo de ella. El silencio le destrozó los nervios, y por fin Tamsin se incorporó y fue a levantarse de la cama, pero él se lo impidió rodeándole la cintura con un brazo y pegándola de nuevo a él.

—Ni se te ocurra marcharte —dijo con voz controlada, sin rastro del fuego que había ardido entre ellos unos minutos antes.

El tono latente de burla le dolió, y aunque Tamsin se había preparado mentalmente para ello, no pudo evitar un estremecimiento.

—Creo que hemos demostrado de forma concluyente que, al margen de la opinión que tengamos el uno del otro, ninguno de los dos podemos negar que la pasión que existe entre los dos es más fuerte y más elemental que nada —dijo él sin apasionamiento—. De ahora en adelante, hasta que la villa esté terminada, pasarás las noches aquí conmigo, *bella mia*, y eso no es negociable. ¿Entendido?

–¿Cómo puedes soportar hacerme el amor con la opinión que tienes de mí? –preguntó ella dolida por la dureza de su mirada–. Creía que eras mucho más exigente.

Con un rápido movimiento, Bruno se tumbó sobre ella, atrapándola con su cuerpo. Estaba excitado de nuevo y Tamsin contuvo el aliento cuando él le deslizó las manos por las nalgas, la alzó, y la penetró con un potente empellón. Bruno clavó los ojos en los de ella y su boca se curvó en una desdeñosa sonrisa.

–Evidentemente no tan exigente –murmuró él antes de besarla de nuevo para acallar su respuesta, y la llevó otra vez al orgasmo.

Cuando Tamsin abrió los ojos a la mañana siguiente, en el cielo azul que se veía a través de las cortinas abiertas no quedaba ni rastro de la tormenta de la noche anterior, pero ella sí sentía en su cuerpo las huellas de la apasionada sesión de sexo con Bruno, tanto en el jardín como en su cama.

–Qué tonta –se dijo caminando descalza hasta la ventana y contemplando el jardín a sus pies.

La piscina le recordó cómo se desnudó y se ofreció a Bruno como una virgen yendo al altar del sacrificio. Pero ella no era virgen, en absoluto, pensó. Y mucho menos después de una noche en la que él pareció resuelto a aumentar su educación sexual. Atrapada en un vórtice de pasión, Tamsin resultó ser una alumna aventajada en manos de un maestro paciente y creativo.

Nunca podría volver a mirarlo a la cara, pensó con desesperación, cubriéndose las mejillas encendidas con las manos. ¿Dónde estaba su orgullo?

Bruno le había dicho que la quería en su cama durante su estancia en la villa, y aunque debía negarse,

Tamsin sabía que no lo haría. Bruno no le ofrecía nada más que sexo, y su crueldad hacia ella tampoco había variado, pero ella no pensaba negarle lo que se negaría también a sí misma.

Poniéndose la bata de Bruno salió del dormitorio y oyó su voz en la planta de abajo. Hablaba con alguien por teléfono, en italiano, aunque parecía ser una discusión. No una pelea violenta, sino todo lo contrario: las frases cortas y tajantes le recordaron las de un amante tratando de convencer a su interlocutor.

Y eso le resultaba conocido, pensó al recordar las numerosas ocasiones en las que sorprendió a Neil hablando en voz baja por el móvil. Su explicación siempre era que hablaba con alguien de su club de golf, o del trabajo, o del gimnasio, y ella siempre le creyó, sin dudar nunca de su palabra ni de su fidelidad.

Sólo después del divorcio se dio cuenta de que las llamadas eran de Jacqueline. Ahora, al abrir la puerta del dormitorio y oír de nuevo la voz de Bruno, esta vez pronunciando el nombre de Donata, se preguntó por qué era tan importante que se levantara tan pronto para hablar con su hermosa prima.

Capítulo 9

DESPUÉS de agosto llegó septiembre y la vista desde Villa Rosala se convirtió en un tapiz de rojos y dorados a medida que las hojas de los árboles iban adquiriendo el tono rojizo del otoño. Tamsin pasaba los días supervisando los trabajos de decoración de la casa y las noches en la cama de Bruno, donde la pasión que ambos compartían no daba muestras de aplacarse.

Seguramente aquel lugar era lo más parecido al paraíso, pensó una mañana mirando por la ventana de la cocina. La Toscana era un lugar precioso del que ella se estaba enamorando cada día más, y no sólo del paisaje, le advirtió una voz en su interior.

Bruno se había apoderado por completo de su mente y de su cuerpo, y ella apenas pensaba en nada más que en el exquisito placer de sus caricias y el sonido de su voz murmurando suavemente algo en italiano después de hacerle el amor.

Era difícil creer que llevaban un mes siendo amantes, pero ahora la villa estaba prácticamente terminada y era el momento de regresar a Inglaterra.

Por algún extraño motivo, su relación había pasado de la amarga y resentida pasión del principio a algo más suave, incluso tierno, y la ira había sido sustituida por la amistad. Tamsin sabía que Bruno seguía desconfiando de ella, pero ya no la acusaba de ser como su madrastra.

Perdida en el silencio de sus pensamientos, Tamsin dio un respingo al oír la voz de Bruno a su espalda.

–La empresa de sanitarios acaba de llamar –dijo Bruno entrando en la cocina, y Tamsin giró en redondo. Al verlo en su traje gris y la camisa de seda azul clara, sintió que le flaqueaban ligeramente las piernas, pero eso no era ninguna novedad–. Ya han recibido los grifos y demás artículos que se habían retrasado. Les he dicho que les llamarás para acordar la entrega.

–Estupendo –respondió Tamsin, tratando de inyectar cierto entusiasmo a su voz. Finalizar el cuarto de baño de una de las habitaciones de invitados significaba que su labor allí habría concluido–. A ver si los traen en el próximo par de días, y mi trabajo aquí habrá terminado –dijo sonriendo–. Será mejor que empiece a recoger mis cosas.

Bruno, que estaba sirviéndose un vaso de zumo, se tensó y frunció el ceño.

–No sabía que tuvieras tanta prisa por irte –murmuró él.

–Llevo aquí más de dos meses –le recordó ella–. La semana pasada cuando hablé con Daniel me preguntó cuánto me faltaba para terminar porque ya tiene otro encargo. Por lo visto estoy muy demandada –dijo con un esbozo de sonrisa que murió en sus labios al ver a Bruno apretar la boca en un gesto que no auguraba nada bueno.

–No sé por qué te sorprende. Tienes mucho talento y el trabajo que has hecho aquí ha superado todas mis expectativas.

–Me alegro de que te guste.

¿Por qué demonios sus palabras de alabanza le llenaban los ojos de lágrimas?, pensó Tamsin con impaciencia agarrando un trapo y poniéndose a secar un plato que ya estaba seco.

Un tenso silencio se hizo entre ellos. Bruno bebió el zumo de un trago y se sirvió una taza de café. Apenas podía creer que Tamsin llevara dos meses en la villa. El tiempo había pasado volando, sobre todo el último mes que llevaban acostándose juntos. Sin ser consciente de ello, su relación se había sumido en una agradable rutina de felicidad doméstica que debería haber hecho sonar todas las alarmas, pero darse cuenta de que no tenía ninguna prisa por cambiar la situación lo inquietó.

¿Cuándo había empezado a considerarla como su amante en lugar de como una rubia más que compartía temporalmente su cama?, se preguntó. ¿Y por qué le irritaba tanto verla aparentemente tan contenta por irse de allí ahora que su trabajo en la villa había concluido? ¿Pero qué alternativa le quedaba?

Encogiéndose de hombros con rabia, apuró el café y buscó su cartera, incapaz de creer que estaba contemplando la posibilidad de pedirle que se quedara con él.

–Hablaremos cuando vuelva –masculló él acercándose a ella para besarla brevemente en la boca.

Al instante los labios de Tamsin se entreabrieron y él no pudo resistir la tentación de alargar el beso. Su cuerpo se tensó al sentir la lengua de Tamsin deslizarse en su boca y jugar eróticamente con la suya.

–¿Por qué no te quedas un poco más?

La pregunta se le escapó de los labios sin darse cuenta, y una vez más se dio cuenta de que no quería que Tamsin se fuera. Al menos todavía.

–Seguro que Spectrum te debe unas vacaciones. Pásalas aquí conmigo, *bella*.

La invitación provocó un estremecimiento en Tamsin, y su cuerpo cobró vida de nuevo. Aquella misma mañana Bruno le había dicho que era insaciable, cuando ella le siguió a la ducha, le tomó el miembro con la mano y le acarició hasta que él masculló algo en italiano, la alzó en brazos sujetándola por las nalgas y la penetró bajo el chorro de agua caliente.

–Podría pedir una semana –aventuró ella en voz alta–, pero con el nuevo encargo, no puedo quedarme eternamente.

Bruno se obligó a apartarse de la tentación del delicioso cuerpo de Tamsin y descartar la idea de quitarle la ropa y hacerle el amor allí mismo, tumbándola en la enorme mesa de madera de la cocina.

–¿Quién ha dicho eternamente? –preguntó él como impulsado por un resorte–. Debes saber que conmigo no hay nada eterno, *cara*, pero no puedes negar que sería mejor que te quedaras aquí una temporada. Cuando vuelvas a Londres ya no podremos vernos tan a menudo. Los dos próximos meses tengo la agenda llena y no puedo cambiarla para hacer paradas de una noche en Londres.

Bruno se detuvo en la puerta y miró a Tamsin. Entonces se dio cuenta de que en los dos meses que llevaba allí, el sol de la Toscana le había aclarado el pelo, que ahora bailaba sobre sus hombros como una sedosa cortina de rubio platino.

–Quizá deberías pensar en dejar Spectrum –sugirió él en un tono indiferente que logró ocultar su perplejidad al oír aquella impensable sugerencia en sus labios.

–¿Dejarlo? ¿Y hacer qué exactamente? –quiso saber Tamsin, aturdida.

–Te prometo encontrarte muchas maneras de tenerte ocupada –murmuró él ajeno a la tormenta que se estaba formando en el otro extremo de la cocina.

–Pero estamos hablando de mi carrera. No puedo dejarla sólo para que podamos tener una vida sexual regular –protestó ella, todavía incapaz de asimilar la idea de que él quería continuar con la relación.

Bruno echó un vistazo al reloj y se encogió de hombros con impaciencia.

–Pues busca un trabajo aquí en Italia. Tengo mucha influencia en Florencia y estoy seguro de que puedo conseguirte un buen puesto en cualquier empresa de diseño que elijas.

Tamsin se ruborizó de rabia y se llevó las manos a las caderas, con ganas de tirarle a la cabeza una de las sartenes que colgaban de las vigas del techo.

–No crees que mi licenciatura en Diseño con matrícula de honor y mis años de experiencia cuenten mucho, ¿eh? –dijo ella, furiosa–. ¿Estás diciendo que aunque fuera una incompetente cualquiera de esas empresas me daría un buen trabajo sólo porque me acuesto contigo? ¡Vaya, eso me hace sentir muy bien! –masculló entre dientes con sarcasmo.

–¡Qué típico de una mujer, hacer una montaña de un grano de arena! –exclamó Bruno–. Sólo era una sugerencia, *bella*. Si quieres largarte corriendo a Inglaterra, ahí está la puerta. En ese caso tendremos que sufrir los inconvenientes de una aventura a distancia y vernos sólo cuando pueda hacerte un hueco en mi agenda –añadió él con maldad, sin entender a qué se debía aquella repentina necesidad de ser tan cruel con ella.

–Siempre y cuando yo pueda hacértelo a ti –dijo Tamsin con los dientes apretados.

La boca de Bruno se tensó.

–Por supuesto –dijo agachando la cabeza–. Pero me temo que dos trabajos como los nuestros no dejan mucho tiempo para una aventura.

Tamsin esbozó una sonrisa.

–Pues en lugar de asumir que sea yo quien yo sacrifique mi carrera, siempre puedes sacrificar tú la tuya –sugirió.

La cara de sorpresa que puso Bruno era casi cómica.

Él la miraba como si de repente le hubiera crecido otra cabeza.

–No seas ridícula. Soy el presidente de un imperio multimillonario –exclamó él–. Mi puesto como presidente de la Casa Di Cesare me lo he ganado a pulso –añadió con orgullo–. Tú eres una persona muy creativa y artística, pero... –se interrumpió y lanzó los brazos al aire en un típico gesto italiano.

–¿Pero sólo una humilde diseñadora? –terminó ella por él.

–Yo no he dicho eso –explotó Bruno perdiendo totalmente la paciencia–. Te he pedido que vivas conmigo, pero no esperaba que la invitación desencadenara la Tercera Guerra Mundial –exclamó fuera de sí.

La verdad era que estaba totalmente convencido de que Tamsin aceptaría su invitación sin pensarlo.

–Tengo que irme. Llego tarde a una reunión –dijo tenso mirando el reloj.

El día que había empezado también con una desinhibida sesión de sexo en la ducha se estaba deteriorando rápidamente y todo por culpa de Tamsin, pensó él. Odiaba llegar tarde, y ¿por qué demonios se le había ocurrido hablar ahora de su relación cuando sabía que él tenía que irse a trabajar? Tamsin salió al vestíbulo detrás de él. Cuando Bruno abrió la puerta y vio la expresión desolada en los ojos azules, se le hizo un nudo en el pecho.

–Seguiremos hablando esta noche –le prometió en tono más suave. Sin embargo, irritado por la negativa de Tamsin a aceptar inmediatamente su invitación a vivir con él, añadió–: ¿Debo recordarte que has sido tú la que ha empezado esta mañana, *cara*? No es que no esté encantado –dijo con voz perezosa–. La pasión que existe entre nosotros es mutua, y los dos sufriremos si vivimos a miles de kilómetros.

Como si quisiera enfatizar su razonamiento, le deslizó suavemente una mano sobre el pecho y sonrió al ver como los pezones femeninos se endurecían y se marcaban hinchados bajo el algodón de la camiseta.

–Piénsalo –le recomendó, y la besó antes de salir y meterse en su coche.

¿Cómo podía ser tan arrogante y egoísta?, se dijo Tamsin viéndolo marchar. ¿Y hablar de ella como si fuera una ninfómana?

Pero lo cierto era que ella nunca se cansaba de él, y la idea de volver a Inglaterra y verlo sólo de vez en cuando era insoportable.

La cuestión era si podía dejar su trabajo en Spectrum para disfrutar de unas semanas más con un hombre que le había dejado claro que no quería una relación más permanente, y menos con una mujer a la que consideraba una cazafortunas.

La sugerencia de Bruno de que dejara su trabajo y se quedara en la Toscana con él la atormentó durante el resto del día. Bruno le había dicho que continuarían hablando de su futuro aquella noche, pero él le ahorró la necesidad de tomar una decisión cuando llamó a media tarde y le explicó que habían surgido unos problemas en las oficinas de Nueva York y que tenía que hacer un viaje relámpago a la ciudad de los rascacielos. Salía al día siguiente por la mañana y había decidido pasar la última noche en su apartamento de Florencia.

–Volveré el fin de semana –le prometió–. Son sólo cinco noches, *bella*. Si decides volver a Inglaterra, prácticamente no nos veremos.

–Si duermes esta noche aquí, serán sólo cuatro días –dijo ella, tratando de ocultar lo desesperada que estaba por verlo, pero no lo consiguió.

Bruno se echó a reír.

–No sabes cómo me gustaría, *bella*, pero no puedo. Mañana debo salir muy temprano.

Con el corazón en los pies, Tamsin cortó la comunicación y paseó desolada por la villa vacía. Todas las habitaciones eran espectaculares, pero en ese momento sólo podía pensar en Bruno. Incapaz de soportar la idea de dormir sola en la cama que llevaba un mes compartiendo con él, pasó la noche en la habitación donde se alojó al llegar a Villa Rosala.

Por fin, poco antes de amanecer, se rindió. Bruno todavía estaba en Florencia y ella ya lo echaba de menos. Aunque era consciente de que su aventura tenía una duración limitada, decidió aprovechar el momento y ser feliz con él cuanto pudiera. Por eso, tomó la decisión de quedarse en la Toscana todo el tiempo que él quisiera, y una vez decidido, sintió el impulso de decírselo cuanto antes. No quería echarse atrás.

Bruno le había dicho que podía utilizar uno de los coches del servicio cuando quisiera, y lo había hecho en varias ocasiones para visitar los pueblos cercanos, pero nunca para ir hasta Florencia. Apenas empezaba a amanecer cuando ella salió de la villa y una hora más tarde llegaba al extrarradio de Florencia. Afortunadamente todavía no había mucho tráfico y con la ayuda de un mapa no tardó en encontrar el apartamento de Bruno.

Cuando entró por la puerta tenía el corazón acelerado. Debía de estar loca, se dijo. Bruno tendría que salir enseguida hacia el aeropuerto, y ella sólo lo vería unos minutos. ¿Le complacería saber que había decidido quedarse en la villa y ser su amante? ¿O se habría arrepentido ya de su invitación? A Tamsin se le hizo un nudo en el estómago. ¿Y si había cambiado de idea y ya no quería verla?

Al recordar la intensidad con que él la abrazó y le hizo el amor la mañana anterior, Tamsin se tranquilizó. Bruno todavía no se había cansado de ella.

—¡*Signorina* Stewart! —el mayordomo de Bruno, tan elegantemente vestido como siempre a pesar de la hora, no pudo ocultar su sorpresa al abrirle la puerta.

—Hola, Salvatore —Tamsin lo siguió por el pasillo—. He venido a ver al *signor* Di Cesare antes de que se vaya al aeropuerto.

El mayordomo sacudió la cabeza.

—Ya se ha ido —le comunicó, pero su expresión se enterneció—. Siéntese y le prepararé un té, *signorina*.

Tamsin sonrió débilmente, pero en cuanto el mayordomo salió, se acercó a los grandes ventanales del salón y se quedó mirando al río mientras las lágrimas empezaban a deslizarse por sus mejillas. Bruno volvería el fin de semana, trató de consolarse, pero había querido decirle que se quedaría con él sobre todo para no tener tiempo de recapacitar y arrepentirse de su decisión durante su ausencia.

Tendrían que recuperar el tiempo perdido cuando volviera, decidió ella con una sonrisa en los labios al pensar como cinco noches de abstinencia intensificaría el deseo mutuo y como probablemente pasarían todo el fin de semana en la cama.

Sin motivo para quedarse más rato en el apartamento vacío, Tamsin se dirigió a la cocina para decirle a Salvatore que no se molestara con el té. Pero en aquel momento la puerta del dormitorio de Bruno se abrió y apareció una mujer.

—¿Quién es usted? —quiso saber la mujer.

Tamsin la miró. Su cara le resultaba conocida. Entonces se dio cuenta. Era la mujer del periódico, Donata, la prima de Bruno.

—Me llamo Tamsin Stewart. Trabajo para el señor Di Cesare —explicó ella.

—¿Ah, sí? —dijo Donata arqueando las cejas.

La fotografía del periódico no le había hecho justicia, reconoció Tamsin admirando la exótica belleza de la joven italiana, con su larga melena azabache y los grandes ojos negros.

La mujer se cerró la bata, no sin antes dejarle ver el minúsculo camisón transparente de encaje negro que llevaba debajo. Era evidente que había pasado la noche en el apartamento, pero ¿por qué salía del dormitorio de Bruno con todo el aspecto de haberse pasado la noche rodando entre las sábanas y en brazos de un hombre?

—¿Tamsin Stewart? —Donata se encogió de hombros sin interés—. ¿Eres la nueva doncella? No te recuerdo de mi última visita. ¿Y no deberías llevar el uniforme? —preguntó mirándola de arriba a abajo—. Que el señor no esté aquí no es excusa para no cumplir las normas. Prepárame el baño y después te cambias.

—No soy una criada. Soy una diseñadora de interiores que en este momento estoy decorando la villa de Bruno —dijo Tamsin haciendo un esfuerzo para ignorar el grosero comportamiento de Donata—. Quería repasar con él unas cosas —se inventó una excusa para explicar su visita.

Al oír que lo llamaba por su nombre de pila, los ojos de Donata se entornaron suspicaces.

—¿Tan pronto por la mañana? —preguntó burlona—. Es usted muy amable, señorita Stewart.

—Pensaba pillarlo antes de que saliera de viaje —dijo Tamsin con las mejillas encendidas de vergüenza y rabia.

—Pues llega demasiado tarde. Bruno se ha ido hace veinte minutos, y ya iba tarde. Me temo que nos hemos quedado dormidos... —la mujer esbozó una sensual sonrisa cargada de insinuaciones—. Después de una noche agotadora —añadió, disfrutando del rubor que teñía por completo el rostro de Tamsin—. Oh, querida, ¿no serás otra de sus amantes, verdad? Perdona, qué poco tacto —se reprendió—. Debo aprender a ser más discreta.

Tamsin sintió náuseas, pero hizo un esfuerzo por mantener la calma.

—¿Qué quiere decir? Usted es la prima de Bruno.

—Prima segunda —le corrigió Donata—. Mi padre y el padre de Bruno eran primos, y yo soy una Carrera, pero también la bisnieta de Antonio Di Cesare y no tardaré en llevar el nombre de Di Cesare, cuando Bruno y yo nos casemos.

—¿Cuando se casen? —repitió Tamsin—. ¿Quiere decir que están prometidos?

Tamsin se sujetó en el borde del escritorio. La cabeza le daba vueltas y los oídos le retumbaban. Dos años antes, cuando su ex marido reconoció que tenía una aventura, había estado convencida de que nunca volvería a sentirse tan traicionada, pero aquello era mucho peor. La idea de que Bruno tuviera planes de matrimonio con su espectacular prima la hizo sentir náuseas.

Donata se echó la larga melena rizada hacia atrás y se desperezó.

—Todavía no es formal, pero no tardará en ser una realidad —dijo ella—. No sé si conoce el pasado de Bruno —continuó mirando a Tamsin con curiosidad—, pero cuando su padre lo echó de su casa él se trasladó a Estados Unidos a vivir con mi familia. Mi padre, Fabio, nunca ha ocultado que le encantaría que Bruno fuera su yerno, y Bruno y él están muy unidos, así que... —se encogió de hombros y sonrió maliciosamente a Tamsin–. No creo que a mi padre le haga mucha gracia saber que comparto la cama de Bruno cada vez que vengo a Florencia, así que lo mantenemos en secreto –le reveló en un susurro burlón llevándose un dedo a los labios.

A Tamsin le dio un vuelco el estómago, y sacudió la cabeza con asco.

–¿Y qué me dice del amor? –preguntó.

Donata la miró con incredulidad, y después echó la cabeza hacia atrás y se echó a reír.

–Por lo que a mí respecta, señorita Stewart, el amor no es un ingrediente esencial para que un matrimonio funcione, y Bruno comparte mi opinión al respecto.

Dio un paso hacia delante y clavó los ojos en el rostro de Tamsin.

–¿No me diga que se ha enamorado de él? Qué tonta –dijo–. A Bruno no le interesa el amor. Él vio claramente cómo destruyó a su padre y juró no cometer nunca el error que cometió Stefano. Como verá, estamos hechos el uno para el otro –le aseguró–. Los dos obtendremos lo que queremos del matrimonio. Yo dinero y poder, y Bruno el fortalecimiento del linaje de Antonio Di Cesare. Por mucho que deteste la idea del embarazo, estoy dispuesta a darle un hijo. No creerá que él lo sacrificará todo por usted, ¿verdad?

Donata vio la confusión en los ojos de Tamsin y se dispuso a dar el golpe final.

–Hasta que formalicemos nuestra relación, Bruno puede continuar disfrutando de su predilección por las rubias. Usted no es la primera, señorita Stewart, y dudo que sea la última. Pero la verdad es que Bruno es mío y estoy dispuesta a esperarlo todo el tiempo que haga falta.

El mayordomo apareció con una bandeja y le ahorró a Tamsin tener que dar una respuesta.

–Su té, *signorina* –murmuró el mayordomo mirando de Tamsin a Donata.

–No será necesario, Salvatore. La señorita Stewart ya se iba –dijo Donata–. Acompáñala a la puerta –le ordenó, y se metió en el salón.

Tamsin siguió Salvatore por el pasillo, temiendo que se le doblaran las piernas en cualquier momento. Cuando el mayordomo abrió la puerta, logró esbozar una irónica sonrisa.

–Gracias por el té, Salvatore.

El hombre asintió, y su seria expresión se relajó imperceptiblemente.

–A veces las situaciones no son lo que parecen, *signorina*. Informaré al señor Di Cesare de su visita.

–¡No! –exclamó inmediatamente Tamsin sacudiendo la cabeza.

Tenía el presentimiento de que Donata no le mencionaría nada a Bruno y para ella, que él supiera que había corrido a verlo tras sólo una noche de separación, sería la humillación definitiva.

–Por favor, Salvatore, no le diga una palabra –le suplicó.

Tras unos momentos de vacilación, el mayordomo asintió con la cabeza y cerró la puerta.

Capítulo 10

A PRINCIPIOS de noviembre Londres era una ciudad húmeda y gris. El cielo plomizo hacía juego con el estado de ánimo de Tamsin, que se estremeció al salir de la estación del metro y recibir una ráfaga de viento helado en la cara.

Faltaba poco más de un mes para Navidad y los escaparates de las tiendas de la calle Oxford, con las aceras abarrotadas de gente, llevaban semanas decorados con motivos navideños.

Una diferencia abismal con los cálidos y tranquilos días del verano en la Toscana. Los dos meses que Tamsin pasó en Villa Rosala pertenecían a otra época, a otro mundo. Fue un tiempo de felicidad fugaz que ella siempre supo que no duraría, y que terminó bruscamente cuando ella salió del apartamento de Bruno en Florencia con la burlona risa de su prima Donata en sus oídos como un eco.

De regreso en la villa, Tamsin le había escrito una breve nota explicando que había decidido regresar a Inglaterra y continuar con su carrera. Después tomó el primer avión a Londres, donde desde entonces se hallaba sumida en un estado de tristeza tan absoluto que su compañera Jess estaba muy preocupada por ella.

Bruno no se había puesto en contacto con ella, ni ella lo esperaba. Para él, su relación había sido un breve paréntesis de sexo alucinante con una mujer a la que despreciaba. Tamsin tenía la sospecha de que Bruno despreciaba la fuerte atracción sexual entre ellos, y aunque le había pedido que se quedara con ella en la villa, él supo desde el primer momento que iba a casarse con Donata.

Una vez más, su estancia en Italia había demostrado su perverso mal gusto con los hombres, pensó Tamsin con una sombría sonrisa. La única diferencia era que durante su matrimonio con Neil éste tenía que saber que su infidelidad le partiría el corazón. Bruno, sin embargo, nunca le había hecho ninguna promesa, pero la imagen de él en la cama con Donata le dolía más que leer el mensaje de texto en el móvil de su ex marido y darse cuenta de que su compañera de trabajo, Jacqueline, también era su amante.

Tamsin había regresado a Inglaterra resuelta a continuar con su vida, pero a medida que pasaban las semanas una nueva preocupación le obligó a estudiar el calendario con creciente temor. Una prueba casera de embarazo confirmó sus miedos, y la ecografía que le recomendó su médico de cabecera confirmó que estaba embarazada de once semanas.

—No puedo creerlo —había dicho Jess cuando Tamsin se lo contó—. Creía que con el embarazo engordabas, no adelgazabas. Desde que volviste de Italia estás cada día más apagada. Supongo que el padre es Bruno, ¿no? —preguntó—. ¿Qué vas a hacer?

—No lo sé —Tamsin se llevó la mano al vientre liso y trató de asimilar las distintas emociones que se apoderaron de ella: euforia, júbilo... miedo.

Todavía no lograba asimilar que estaba embarazada. Bruno siempre había sido muy escrupuloso con la protección, excepto una vez, la noche de la tormenta en el jardín. El solo recuerdo de la exquisita pasión que compartieron aquella noche la hacía ruborizar.

—Se lo vas a decir, ¿verdad? —había insistido Jess—.

No puedes criarlo tú sola, Tamsin. Oye, yo te ayudaré todo lo que pueda, pero tienes que pensar en tu situación financiera. Cuando nazca el niño no podrás trabajar, y Bruno es multimillonario, por el amor de Dios. Lo normal es que mantenga económicamente a su hijo.

Al escuchar las palabras de Jess, Tamsin se estremeció imaginando la furiosa reacción de Bruno si a ella se le ocurría pedirle dinero.

–Supongo que tendré que decírselo. Tiene derecho a saberlo, sí, pero no quiero nada de él –le dijo a su amiga–. Es mi hijo, o hija, y yo lo cuidaré. Aunque todavía es pronto –había añadido con un nudo en la garganta al recordar la pérdida de su primer hijo–. Todavía pueden pasar muchas cosas.

Pero no iba a pasar, intentó asegurarse ahora. La primera vez sufrió un aborto por culpa del estrés que le produjo descubrir que Neil le había sido infiel desde el principio, pero esta vez no permitiría que nada la pusiera en riesgo de perder otro embarazo.

Aunque la idea de saber que tarde o temprano tendría que contárselo a Bruno le resultaba una pesada carga, y verlo en la portada de una revista de cotilleo fue la gota que colmó el vaso. La mujer que lo acompañaba era una famosa modelo internacional, y al verla Tamsin recordó las palabras de Donata cuando le dijo que no le importaba que Bruno diera rienda suelta a su predilección por las rubias hasta que se casaran.

Cuanto antes le dijera lo del niño, antes podría apartarlo de su vida y de su mente, decidió entrando en una bocacalle cerca de Hyde Park. Por la revista sabía que Bruno estaba en Londres, y ahora parecía el momento perfecto para ir a verlo. Estaba totalmente convencida de que Bruno no querría saber nada de ella ni del niño, pero su corazón latía aceleradamente cuando entró en las oficinas londinenses de la Casa Di Cesare.

Bruno se levantó del sillón y se acercó a la ventana de su despacho para contemplar las calles mojadas. Normalmente ejercía un control tan férreo sobre su vida que nada podía sorprenderlo. De hecho, no le gustaban las sorpresas, y nada le había preparado para el anuncio de su secretaria: una tal señorita Tamsin Stewart esperaba en recepción y deseaba verlo.

¿Por qué aparecía de repente en su vida, casi dos meses después de dejar Villa Rosala sin apenas despedirse?

Al recordarlo Bruno apretó la boca. Entonces había leído la nota en la que le decía que volvía a su trabajo en Londres y que no deseaba la distracción de continuar con su aventura, con una mezcla de rabia e incredulidad. Que una mujer lo dejara plantado era una experiencia totalmente nueva en su vida, y no le hizo ninguna gracia.

Claro que tampoco le rompió el corazón, pensó cínicamente. Desde lo ocurrido con su madrastra, Bruno había levantado una muralla de hormigón alrededor de su corazón que era impenetrable. Si ella había esperado que él fuera a buscarla, tenía que haberse llevado un buen chasco. La había echado de menos, eso podía reconocerlo, pero podía vivir perfectamente sin ella, y la única razón por la que dio instrucciones a su secretaria de que la hiciera pasar en cinco minutos era por curiosidad.

—La señorita Stewart —anunció su secretaria desde la puerta.

—*Grazie*, Michelle —Bruno se obligó a permanecer junto a la ventana unos segundos más antes de vol-

verse a mirarla, y se enfureció consigo mismo al darse
cuenta de que el corazón le latía aceleradamente.

Lo primero que pensó fue que Tamsin había adelga-
zado notablemente. El bronceado dorado del verano
había desaparecido, y su aspecto era pálido y demacrado, aunque estaba tan bella como siempre. Los in-
creíbles ojos azules parecían demasiado grandes para
su cara, pero Bruno prefirió ignorar la fragilidad de su
aspecto.

–Por favor, siéntate –él le indicó una silla y se dio
cuenta de que las manos femeninas temblaban visiblemente, pero continuó mirándola impasible desde el
otro lado del escritorio–. Me temo que no sé muy bien
por qué has venido. ¿Es una visita de cortesía? –murmuró.

–No –dijo ella, y se humedeció los labios resecos
con la lengua sin mirarlo.

Llevaba días preparándose para aquella situación,
pero en el momento que entró en el despacho y lo vio
tan alto, tan guapo y tan dominante sólo pudo pensar en
la ardiente pasión que habían compartido. Lo miró brevemente un momento, pero rápidamente bajó los ojos.

–He venido por una razón –dijo ella, deseando que
él dijera algo en lugar de continuar mirándola con
aquella indiferencia. Pero no había forma fácil de decir
lo que tenía que decir, y al final lo dijo sin más–. Estoy
embarazada.

–Ah –Bruno se apoyó en el respaldo de la silla y
unió las puntas de los dedos–. Claro. ¿Cómo no se me
había ocurrido que me saldrías con algo así? –preguntó
con una burlona sonrisa.

–No me lo he inventado –dijo ella–. Sólo he venido
a decirte que estoy embarazada, y antes de que digas
nada más, sí, es tuyo, sin duda. Aunque la verdad es
que no me importa que no me creas.

La reacción de Bruno era más o menos como esperaba. ¿Entonces por qué tenía la sensación de que le había clavado un puñal en el pecho? Tamsin recordó la reacción furiosa de su ex marido, al año de casarse, cuando le dijo que estaba embarazada y él le insinuó que interrumpiera el embarazo. ¿Sugeriría Bruno lo mismo?, pensó ella con un hondo pesar en el pecho. Aunque él no quisiera a su hijo, ella lo deseaba con todas sus fuerzas, y haría lo imposible para amar y proteger la frágil vida que crecía lentamente en su seno.

Bruno la miraba como si quisiera leerle los pensamientos.

–Perdona mis suspicacias, *bella* –dijo él sin alzar la voz–, pero tengo entendido que tú ya intentaste retener a tu marido a tu lado diciéndole que estabas embarazada. No te funcionó entonces, y te aseguro que, si tus palabras son una estratagema para retomar nuestra relación, tampoco va a funcionar.

Era increíble el nivel del dolor que el cuerpo humano podía soportar, pensó Tamsin. Incluso logró esbozar una sonrisa cuando se levantó.

–Bien, ya he cumplido con mi deber de contártelo –dijo dirigiéndose hacia la puerta–. Tu reacción es la que esperaba, Bruno. Sabía que no querrías saber nada del niño, pero eso es lo mejor, porque yo tampoco quiero saber nada de ti. Adiós.

Tamsin ya tenía la mano en el pomo de la puerta. De hecho se iba. Bruno entrecerró los ojos. ¿Lo estaba manipulando para que la retuviera, o era cierto lo del embarazo?

–Supongo que has confirmado el embarazo –dijo él, tensándose aún más cuando ella abrió la puerta.

Tamsin se detuvo una décima de segundo, con un pie al otro lado del umbral.

–Sí.

–¿De cuánto estás?

–Doce semanas.

El orgullo de Tamsin insistía en que saliera de allí de una vez y se largara, pero no pudo resistir y lo miró una última vez.

Bruno la observaba con las cejas fruncidas mientras hacía sus propios cálculos.

–La noche de la tormenta –dijo–. Pero si lo has sabido todo este tiempo, ¿por qué te fuiste de la villa? ¿Por qué has esperado hasta ahora para decírmelo?

–Entonces no lo sabía. Después de aquella noche sangré ligeramente un par de días y descarté el embarazo –Tamsin se ruborizó, turbada al tener que dar ese tipo de explicaciones–. Lo supe hace una semana, y la ecografía confirmó las fechas. Podía habértelo dicho entonces, pero... –se encogió ligeramente de hombros para ocultar la punzada de dolor que la recorrió–, en los primeros tres meses hay mayor riesgo de aborto y decidí esperar hasta estar segura.

Le temblaba la voz y su aspecto era frágil y vulnerable. Bruno tuvo que resistir el impulso de acercarse a ella y abrazarla. La incredulidad inicial se desvaneció, y ahora estaba seguro de que no mentía. Estaba embarazada de él. Bajo los pliegues del abrigo de paño que llevaba latía una pequeña chispa de humanidad, su hijo o hija, pensó con una fuerte sensación de orgullo posesivo que lo sorprendió.

Al principio la idea de que Tamsin estuviera embarazada de él lo irritó. ¿Cómo podía haber sido tan estúpido como para caer en una trampa tan vieja? Pero enseguida tuvo que reconocer que el error fue suyo. La noche de la tormenta la deseaba tan ardientemente que ni siquiera pensó en utilizar un método anticonceptivo. Y ahora, aunque ella creyera lo contrario, no tenía la intención de olvidar su deber.

–No pongas esa cara de desolación –se burló ella–. No quiero nada de ti. Desde luego no tu dinero –dijo con amargura–. No espero que quieras nada del niño, pero llegará un día que hará preguntas sobre su padre, y no le mentiré. Tendré que revelar tu identidad e inventarme algo... no sé, que nos queríamos pero que no pudo ser o algo así. Y tú tienes que aceptar que tu hijo pueda querer ponerse en contacto contigo en el futuro.

–Mi hijo podrá ponerse en contacto conmigo cuando quiera –masculló Bruno entre dientes–. Porque mi hijo vivirá conmigo en Italia y siempre sabrá que yo soy su padre –la miró con tanta arrogancia que Tamsin se estremeció con una mezcla de confusión y desasosiego–. Llevas en tu vientre al heredero del imperio Di Cesare y no permitiré que sea un hijo ilegítimo.

–¿Qué quieres decir? –susurró ella, incapaz de apartar los ojos de las bellas facciones cinceladas de Bruno.

–Quiero decir que por el bien del niño estoy dispuesto a casarme contigo.

Tamsin no sabía qué reacción había esperado Bruno de ella, pero a juzgar por su expresión lo que no esperaba era que ella estallara en histéricas carcajadas.

–¿Qué te parece tan gracioso, *bella*? –le espetó él–. Porque yo no creo que el futuro de nuestro hijo sea motivo de risa.

–Lo siento –dijo ella por fin cuando logró ponerse seria y secarse los ojos con dedos que por algún extraño motivo le temblaban–. Es algo que no entenderías.

Dos años antes, cuando le dijo a su marido que estaba embarazada, él se apresuró a divorciarse. Ahora que estaba embarazada de un hombre que la consideraba una cazafortunas sin escrúpulos, éste estaba dispuesto a casarse con ella.

–Gracias por la oferta, Bruno –dijo ella con sarcasmo ignorando su mirada furibunda–, pero no tengo la intención de volver a casarme nunca. Y además, la bigamia está prohibida por ley.

—Creía que estabas divorciada... —empezó él acaloradamente.

—Yo sí, pero tú estás prometido a tu prima Donata y no puedes casarte con las dos.

—¿De qué revista de cotilleo has sacado eso? —exclamó él incrédulo—. A veces publican las cosas más peregrinas.

La sorpresa e incomprensión que se reflejaban en el rostro masculino la hubieran podido engañar, pensó Tamsin. Pero había visto a Donata salir medio desnuda de su dormitorio de Florencia, aunque prefería morir a reconocer que había salido corriendo a comunicarle su decisión de quedarse a vivir con él como su amante.

—Bueno, vale, pero no quiero casarme contigo —dijo ella con frialdad.

Ya estaba saliendo por la puerta cuando Bruno la sujetó por el brazo y se lo impidió.

—Créame, *bella*, no eres la mujer que hubiera elegido para ser mi esposa —dijo él—, pero ahora lo que nosotros queramos ya no es importante. Tenemos una obligación con nuestro hijo, y la pienso cumplir.

—¿Incluso si eso significa casarte con una mujer a la que consideras una zorra y una manipuladora como tu madrastra? —preguntó ella tensa.

En los ojos de Bruno hubo una sucesión de destellos duros, fríos e implacables.

—Incluso —dijo.

Por un momento la desesperanza abrumó a Tamsin hasta el punto de obligarla a sujetarse al umbral de la puerta.

—Debes saber que será un infierno —susurró ella—. ¿Cómo podemos vivir juntos cuando hay tanta desconfianza entre los dos?

–No nos fue mal cuando estuvimos viviendo juntos en la villa –dijo él–. Yo diría que fue una relación muy buena.

–Querrás decir el sexo –le espetó ella, y en ese momento la atmósfera cambió sutilmente.

Desde que entró en el despacho, desde el momento que lo vio, Tamsin volvió a sentir el mismo deseo y la misma atracción que la llevaban ciegamente hacia él. Los ojos de Bruno estaban medios cerrados, pero ella vio el destello salvaje de deseo en sus ojos y se quedó inmóvil, paralizada, cuando él le deslizó la mano bajo la melena y le echó la cabeza hacia atrás.

–Un matrimonio no se puede basar en el sexo –dijo ella temblando, con los ojos clavados en los labios masculinos, expectante.

–Es mucho mejor que basarlo en el amor –dijo él–. Una razón para casarse muy sobrevalorada, por otra parte, ¿no crees, *bella*?

–Para mí el amor es la única razón para contraer matrimonio.

Sus bocas estaban tan cerca que Tamsin sentía el aliento cálido de Bruno en los labios. Tenía que reprimirse, pero todo su cuerpo temblaba y deseaba fervientemente que la besara. Cuando él recorrió las comisuras de los labios con la lengua, un gemido de placer y de desesperanza escapó de sus labios y no pudo evitar entreabrirlos.

–Si esperas amor, me temo que te vas a llevar una decepción –murmuró Bruno–, pero se me ocurren otros premios de consolación, y no sólo una vida sexual explosiva. A fin de cuentas, al final has logrado atrapar a un marido multimillonario –dijo, y pegó los labios a los de ella acallando sus protestas y exigiendo de ella una reacción que su cuerpo estaba más que dispuesto a darle.

Bruno la pegó a él y Tamsin sintió a través del abrigo su cuerpo firme y excitado, así como la sensación de placer que se acumulaba entre sus muslos. Sin poder evitarlo, dejó escapar otro sollozo de desesperación.

Las semanas de separación habían sido como un infierno, y ahora que estaba de nuevo en sus brazos aceptó que él era su razón para vivir. Pero no la quería, ni lo haría nunca, y saberlo la estaba destrozando.

Por eso encontró las fuerzas para apartarse de él.

–Ni todo el dinero del mundo me convencería para casarme contigo –balbuceó–. No me casaré contigo, Bruno, y no puedes obligarme.

–Ya lo creo que puedo, *bella* –le prometió él con una fría sonrisa.

Capítulo 11

TE ENCUENTRAS bien, Tamsin? Todavía estás a tiempo para echarte atrás.

Tamsin contempló la sala de registro abarrotada de amigos y familiares y sonrió a su hermano. El lugar estaba decorado con jarrones de flores blancas y rosas que llevaban hasta el último rincón.

–No lo creas. Mamá me mataría, y a ti también, por sugerirlo.

Daniel Stewart sonrió, pero hablaba en serio.

–A papá y a mamá no les importaría. Creen que este matrimonio es un poco precipitado. No es que Bruno no les caiga bien, parece un buen tío, no como el imbécil con el que te casaste la primera vez –añadió bajando la voz–. Sé que Bruno os cuidará, a ti y al niño, pero desde que fijaste la fecha de la boda estás muy triste, y queremos que estés segura de lo que haces.

–Lo estoy –respondió Tamsin con firmeza, sin querer recordar las dudas que le habían asaltado las primeras seis semanas.

Estaba harta de preocuparse, pensó mirando a Bruno, tan atractivo como siempre con un traje gris oscuro y una camisa de seda azul. El hombre que pronto se iba a convertir en su marido hablaba con su padre a poca distancia de ella. Tamsin había tomado la decisión por el bien de su hijo, y no se echaría atrás.

Cuando Bruno anunció que no permitiría que su hijo fuera ilegítimo, Tamsin se negó a casarse con él.

Se zafó de sus brazos y corrió por el pasillo tratando de huir de él, pero un fuerte dolor en el vientre la obligó a entrar en el cuarto de baño. Entonces descubrió que estaba sangrando. Aterrorizada, había regresado al despacho de Bruno, sollozando que iba a perder el niño.

Bruno se había hecho cargo de la situación, tomándola en brazos y llevándola inmediatamente al hospital. Allí el médico la tranquilizó, asegurándole que las pérdidas de sangre en los primeros meses eran normales, y con una ecografía confirmó que el niño se desarrollaba con normalidad. Sin embargo, no pudo evitar los recuerdos de su aborto y lloró desconsoladamente, tanto por el hijo perdido como por el que temió perder.

Desde aquel momento Bruno se ocupó por completo de ella. Aunque reprochándose su debilidad, Tamsin se lo permitió y no protestó cuando él insistió en que se instalara en su apartamento donde podría seguir los consejos del médico, básicamente estar en reposo absoluto durante las semanas siguientes hasta que pasara el peligro. Tan en serio se lo había tomado él que sólo le permitía levantarse de la cama para llevarla al cuarto de baño.

Vivir con él día a día, amándolo como lo amaba, había sido un auténtico infierno, y por las noches, cuando quedaba sola, Tamsin enterraba la cara en las almohadas y lloraba desconsoladamente.

Los días anteriores a la decimoquinta semana de embarazo, fecha cuando sufrió el primer aborto, fueron los peores de su vida, pero una vez superado el fatídico día, Tamsin fue serenándose y por primera vez empezó a mirar hacia el futuro y creer que podría llevar el embarazo a término.

–Como no llegue pronto el secretario del registro, a lo mejor no te casas hoy –la voz de Daniel interrumpió sus pensamientos–. Bruno está muy tenso. Espera, acaba de llegar alguien –murmuró mirando hacia la puerta.

Pero el que entró no fue el secretario.

–¡James! –exclamó Tamsin al verlo.

Para haber recibido tratamiento oncológico recientemente, James Grainger tenía un aspecto excelente, y Tamsin se lo dijo cuando cruzó la sala para saludarlo.

–Estás muy moreno, y has engordado, gracias a Dios. ¿Qué tal te encuentras?

–Bastante bien –sonrió James–. Un mes en Santa Lucía con mi hermana y su marido me han hecho mucho bien. Aún no estoy totalmente de alta, pero tengo los dedos cruzados. Y ahora dime, ¿cómo has conseguido que Bruno quiera sentar la cabeza? –preguntó divertido.

Pero Tamsin rápidamente volvió la cabeza, y al ver la mirada insondable de Bruno clavada en ella sintió que se le caía el alma a los pies.

–Enhorabuena, Bruno –continuó James–. No podías haber encontrado una mujer más generosa y maravillosa que Tamsin.

–Lo sé, soy un hombre afortunado –respondió Bruno, esta vez sin rastro de sarcasmo en su voz.

Tamsin lo miró, segura de que vería la burla en sus ojos, pero en lugar de eso Bruno parecía desolado y rápidamente bajó la mirada, como si no quisiera que sus ojos se encontraran. Quizá creía que ella había invitado a James a la boda y estaba furioso por eso, pensó.

Sin embargo no tuvo tiempo de explicar que la aparición de James fue una sorpresa para ella ya que uno de los funcionarios del registro anunció la llegada del secretario y los invitó a sentarse.

Tamsin tragó saliva. En unos minutos sería la esposa de Bruno. La extraña serenidad que le había embargado desde por la mañana cuando se puso el ves-

tido de lana color crema y el abrigo a juego se hizo
añicos y el corazón empezó a saltarle en el pecho.

Recuerdos de su matrimonio con Neil y de la pérdida
de su hijo amenazaban con abrumarla, pero Tamsin se
recordó que esta vez no esperaba nada de un matrimonio que no era más que una obligación. Llevándose la
mano al vientre, notó el repentino movimiento del
bebé que crecía en su seno y se dijo que por él era capaz de hacer cualquier cosa.

La ceremonia pasó en una especie de neblina, y las
manos le temblaban visiblemente cuando Bruno le
puso la alianza de oro en el dedo. Tamsin no pudo mirarlo, pero sentía la tensión que manaba del cuerpo
masculino y se preguntó si también él tendría dudas.

¿Desearía estar casándose con Donata y no con alguien sin escrúpulos como su madrastra? Bruno no había vuelto a mencionar a Donata, y aunque su hermana
Jocasta estaba en la boda, no había ni rastro de su bella
prima. A pesar de todo, Tamsin no podía olvidar el brillo triunfal en los ojos de la mujer al salir del dormitorio de Bruno en Florencia.

El recuerdo fue pura agonía, y Tamsin parpadeó
para disipar las lágrimas mientras el secretario los de-
claraba marido y mujer y Bruno le rozaba los labios
brevemente en un beso que no era ni cálido ni apasio-
nado. Un comienzo perfecto para un matrimonio de
conveniencia, y no de amor, pensó ella con desmayo.
Le dolía el corazón, pero una vez más su orgullo la
sacó del aprieto. Con una radiante sonrisa en los labios, se volvió a recibir las felicitaciones de los invitados.

Muchas horas más tarde el avión de Bruno aterrizó
en Florencia y éste ayudó a Tamsin a acomodarse en

su coche para el trayecto hasta Villa Rosala. El aspecto de Tamsin era frágil y pálido, con grandes ojeras bajo los ojos.

Bruno apretó los labios preocupado. Temía que el trayecto hasta la villa fuera demasiado para ella. De hecho, debían haber hecho noche en Florencia, pero Tamsin se negó en redondo a poner un pie en el apartamento, y él cedió muy a su pesar, achacando la irracional reacción a los cambios hormonales del embarazo que habían convertido a una mujer sensata y equilibrada en una frágil maraña de inseguridades y emociones. Afortunadamente Tamsin no había vuelto a tener pérdidas de sangre, pero ninguno de los médicos que le habían atendido había logrado calmar sus temores de sufrir un nuevo aborto.

Quizá fuera normal que las mujeres embarazadas estuvieran en un estado de continua preocupación, pensó él frustrado por su incapacidad para ayudarla y la negación de Tamsin a confiarle sus preocupaciones. En Londres Tamsin había pasado buena parte del tiempo encerrada en su dormitorio, tratando de evitarlo. Normalmente él no tenía paciencia para las lágrimas, pero oír su llanto tanto durante el día como por la noche le causaba un profundo dolor en el alma. Desde que fijaron la fecha de la boda no la había visto sonreír ni una sola vez, y Bruno suponía que las lágrimas se debían a que no quería casarse con él.

Mascullando en voz baja se obligó a concentrarse en la estrecha y serpenteante carretera que se abría paso por la verde campiña de la Toscana.

–Ya no falta mucho –murmuró al sentir los ojos de Tamsin en él–. Debes de estar cansada. Ha sido un día agotador.

–Humm –murmuró Tamsin.

Pero un día inesperadamente hermoso, pensó ella

recordando la breve pero emocionante ceremonia y la comida nupcial en un hotel cercano.

Toda su familia había estado presente, incluida su hermana Vicky en avanzado estado de gestación, y también Jess, su dama de honor, que se había pasado prácticamente todo el día discutiendo con Daniel, como de costumbre. ¿Cuándo dejarían de pelearse y se darían cuenta de la atracción que sentían el uno por el otro?, se preguntó Tamsin, que le gustaba la idea de que Jess se convirtiera en su cuñada.

—Las flores eran preciosas —dijo ella recordando las rosas blancas y rosadas que llenaban el registro—. Creía que las había encargado mi madre, pero ella estaba tan sorprendida como yo.

—Me alegro de que te gustaran, *cara* —dijo él.

—¿Has sido... tú? ¿Por qué? —balbuceó—. Digo, gracias, eran preciosas, pero no era necesario. No esperaba nada.

—No —dijo Bruno—. Ya me he dado cuenta de que tienes pocas expectativas.

Cualquier otra mujer hubiera querido una boda por todo lo alto, más acorde con la fortuna de su nuevo esposo, pero Tamsin sólo pidió la asistencia de su familia y sus amigos e incluso tuvo que obligarla a elegir un anillo de boda en una de las joyerías más exquisitas de Londres. Tras mucho discutir, Tamsin se había decantado por una alianza de oro, sin duda una de las joyas más baratas del establecimiento.

Como si le hubiera leído el pensamiento, Tamsin dijo:

—No tienes que llevar el anillo. No estaba segura de si querrías uno o no. No sé... —se movió inquieta en el asiento, como si se arrepintiera de haber sacado el tema—, nuestro matrimonio no es un matrimonio normal, y quizá prefieras que la gente no sepa que estás casado.

Bruno tenía fama de donjuán y Tamsin no creía que estuviera dispuesto a cambiar de vida sólo por haberse casado con la mujer que estaba embarazada de él.

–Estoy encantado con que la gente sepa que estoy casado –murmuró–. Y será un honor llevar tu anillo.

Bruno metió el coche por las puertas de hierro de Villa Rosala pensando en las palabras de Tamsin de que su matrimonio no era un matrimonio normal y sintió un impulso inexplicable de dar puñetazos contra la pared.

La casa tenía un aspecto cálido y acogedor. Aquél fue el hogar de su niñez, un lugar lleno de amor y felicidad hasta la ruptura con su padre. Pero ahora volvería a ser un hogar, si no había destruido su matrimonio por completo incluso antes de empezar.

Detuvo el coche y apagó el motor, pero en lugar de apearse volvió la cabeza hacia Tamsin, incapaz de seguir callando la pregunta que le comía por dentro desde su conversación con James Grainger poco antes de la boda.

–¿Por qué no me dijiste lo de James?

A su lado, Tamsin se tensó.

–¿El qué?

–Que tiene cáncer. Que iba a Londres todas las semanas para recibir tratamiento y que la quimioterapia lo dejaba tan debilitado que tú lo acompañabas y te quedabas con él –terminó Bruno tenso.

–¿Cómo lo sabes? ¿Lo saben sus hijas? –preguntó Tamsin.

–Supongo que sí. Me ha dicho que Davina lo acompañó hace poco al especialista.

–Gracias a Dios –murmuró Tamsin–. Le supliqué que se lo dijera, pero él no quería preocuparlas, ni tampoco que nadie supiera lo del cáncer.

–Excepto tú –dijo Bruno.

–Sí, pero no es lo que crees –se apresuró a responder ella, temiendo que volviera a acusarle de intentar engañar a James–. James y yo nos hicimos amigos cuando me contrató para diseñar el apartamento de Davina y Hugo –explicó–. Creo que me lo contó porque no tenía con quién hablar, y porque quería ahorrarles a sus hijas el sufrimiento, sabiendo que todavía estaban muy afectadas por la reciente muerte de su madre. Pero conmigo podía hablar, porque sabía que yo no se lo contaría nadie.

Bruno apretó la mandíbula.

–Tu lealtad es encomiable, *bella*. Por no traicionarlo, permitiste que yo te acusara de ser una cazafortunas como mi madrastra, y ni siquiera intentaste defenderte.

–No podía –dijo ella–. Se lo prometí a James. E incluso si te lo hubiera dicho, no creo que me hubieras creído –añadió titubeante–. Desde el principio estabas resuelto a pensar lo peor de mí.

–Eso no es cierto –protestó él con irritación–. Había muchas cosas que indicaban que eras igual que Miranda, y yo no quería que James cometiera el mismo error que mi padre. Además, también estaba el viejo que te dejó toda su herencia... –Bruno se interrumpió y se pasó una mano por el pelo–. Tu padre me ha contado que entregaste casi todo el dinero a una ONG que se ocupa de ayudar a las persona mayores para que puedan seguir viviendo en sus casas.

Tamsin encogió los hombros.

–Parte lo gasté en mí –reconoció–. En un viaje para Jess y para mí cuando logré salir de la depresión del divorcio, y en ropa, en un intento de recuperar la seguridad en mí misma. Cuando Neil me dejó supe que me fue infiel desde el día que volvimos de la luna de miel hasta el día que se fue a vivir con su amante.

Tamsin abrió la puerta del coche y bajó arrastrando su abrigo con ella.

–Me alegro de que James te haya contado la verdad. Todavía se enfrenta a un futuro incierto y necesita el apoyo de sus amigos. Te juro que no soy como tu madrastra, Bruno, nunca he querido nada de ti.

«Excepto tu amor», pensó para sus adentros.

Pero el rostro masculino era una máscara dura y arrogante, y aunque ahora él sabía que no era una cazafortunas, la actitud hacia ella todavía no había cambiado. De repente, Tamsin se sintió inmensamente cansada y rechazada, y hundió los hombros.

–Ahora estamos casados y supongo que tendremos que sobrellevarlo –murmuró.

Bruno rodeó el coche y se acercó a ella.

–Sí, tendremos que sobrellevarlo –dijo él con sarcasmo.

Entonces la levantó en brazos e, ignorando las protestas de que pesaba una tonelada, la entró por la puerta principal.

–Ahora éste es tu sitio, Tamsin. Tu sitio y el de mi hijo. Es cierto que sólo nos hemos casado por el niño, pero te juro que haré todo lo que esté en mis manos para haceros felices a los dos.

Bruno tenía los ojos clavados en ella, pero sus palabras la envolvieron en una capa negra de desesperación. Tamsin era muy consciente de que él sólo se había casado con ella por el niño, pero no era necesario que se lo dijera con todas las palabras.

No había duda de que Bruno estaba encantado de tener un hijo. Cuando ella sugirió tímidamente poner al niño el nombre de su padre, Bruno la contempló extrañado y en silencio, pero el pequeño Stefano era la única razón para que ella estuviera en la casa que había diseñado y a la que amaba casi tanto como a su dueño. Y ahora sería feliz, se dijo con firmeza.

Aunque al mirar el hermoso rostro de Bruno le asaltaron de nuevo las dudas, porque siempre le faltaría algo.

Tamsin tragó el nudo que se le había formado en la garganta y bostezó exageradamente.

–Si no te importa, me voy a la cama. Estoy agotada después de todo el viaje.

–Tú has sido la que ha insistido en venir hasta aquí. Yo hubiera preferido pasar la noche en el apartamento, *bella*.

Tamsin no dijo nada, pero palideció al recordar la imagen de su prima saliendo del dormitorio de su apartamento de soltero. Con la mano se acarició el vientre hinchado, como si quisiera asegurarse de la presencia de su hijo. Bruno siguió con los ojos sus movimientos. La atmósfera cambió imperceptiblemente, y ella sintió un temblor en la pelvis. Pero estaba embarazada de cuatro meses, y no sabía si Bruno esperaba consumar su poco convencional matrimonio.

Los ojos masculinos se deslizaron desde el vientre redondeado a sus senos, ahora más hinchados y pesados, y Tamsin se dio cuenta de que su aspecto era muy distinto al de hacía un par de meses. ¿Y si Bruno la llevaba a la cama y se sentía asqueado por su cuerpo? ¿O lo comparaba con la figura escultural de Donata?

La sola idea le resultó insoportable, y cuando él dio un paso hacia ella, ella retrocedió.

–Estoy muy cansada –se apresuró a decir–. He pensado que podría dormir en la habitación que tuve cuando llegué aquí.

El mudo escrutinio de Bruno la enervó y, cuando levantó una mano hacia ella, Tamsin dio un visible respingo y admitió, casi presa de pánico:

–No sé qué esperas de mí. Sé que el médico me ha dicho que el embarazo va bien –continuó sin poder evitar el temblor de su voz–, y que no hay motivo para que no... bueno, ya sabes...

Tamsin se interrumpió. La cara le ardía al recordar las palabras claras del médico al decirles que podían mantener relaciones sin problemas. Bruno había estado sentado junto a ella, y cuando salieron de la clínica en ningún momento mencionó el tema ni intentó hacerle el amor.

No es que Tamsin no lo deseara. Ahora que había dejado de tener náuseas se sentía mucho más llena de vida, energética y también excitada. Bruno le había dicho que el sexo podía ser una excelente razón para que un matrimonio funcionara, y si él sólo estaba dispuesto a compartir con ella su cuerpo, ella lo aceptaría.

Bruno dejó caer la mano a un lado y agarró la bolsa de viaje de Tamsin, resuelto a controlar la ira cegadora que se apoderó de él.

–No espero nada de ti –le informó con los labios apretados–. Desde luego nada que no estés dispuesta a darme, *bella*. Pero me temo que esta noche tendrás que compartir mi cama. Tus cosas llegaron hace un par de días y Battista lo ha colocado todo en el dormitorio principal. Me temo que es un poco romántica y cree que ahora que somos marido y mujer dormiremos en la misma habitación. Dejaré que seas tú quien le saque de su error mañana –dijo llevándola hacia las escaleras–. Por suerte, mi cama es muy grande. Si te quedas en tu lado del colchón, puedes imaginar que ni siquiera estoy allí.

El sarcasmo de su voz logró afectar todavía más a Tamsin, y cuando llegaron al relleno ella se apartó de él.

–Prefiero dormir en mi habitación –insistió–. Últimamente doy muchas vueltas por las noches y me temo que no te dejaría dormir –dijo tratando de hacerle ver que era más sensato dormir en habitaciones separadas.

–Eso es más que probable, *cara* –dijo él arrastrando las palabras con el mismo tono sarcástico y odioso–. Pero eso es problema mío. Ninguna de las habitaciones de invitados tienen las camas hechas –le dijo con firmeza, sujetándola por el brazo y casi obligándola a ir hasta el dormitorio principal.

Bruno apretó los labios al ver el pánico en los ojos azules, y después de dejar la bolsa de viaje sobre la cama, volvió a la puerta.

–Deja de mirarme como si temieras que vaya a asesinarte mientras duermes –masculló él–. Nunca he tomado a ninguna mujer por la fuerza, y desde luego no pienso empezar con mi esposa embarazada. Tengo que hacer un par de llamadas –continuó en tono frío–. Sugiero que te des prisa y te metas en la cama. Con un poco de suerte, estarás dormida cuando yo vuelva.

Estupendo. Sólo llevaban casados unas horas y ya no se hablaban, pensó Tamsin metiéndose en el cuarto de baño. Abrió la bolsa de viaje y frunció el ceño al ver un paquete envuelto en papel de seda.

–Tu regalo está en la bolsa de viaje –le había susurrado Jess al oído al despedirse de ella después de la boda.

Tamsin lo abrió y sorprendida vio que era un camisón de seda transparente color marfil. Con un suspiro, Tamsin buscó la camisola de algodón que había metido, pero no tardó en comprobar que no estaba. Resignada, se puso el camisón por la cabeza.

Cerca del quinto mes de embarazo, no esperaba tener un aspecto tan sexy, pero la tela transparente caía suavemente sobre el vientre y el escotado corpiño de encaje revelaba con generosidad las curvas de los senos y apenas ocultaba las aureolas y los pezones hinchados. Al verse, Tamsin se apresuró a volver al dormitorio y meterse bajo las sábanas antes de que volviera Bruno.

Pero ya era demasiado tarde. Al entrar en el dormitorio lo encontró tumbado en la cama con las piernas separadas. Se había quitado la corbata y desabrochado los botones de la camisa hasta la cintura, revelando el pecho musculoso y bronceado cubierto por un vello rizado y negro que se estrechaba y se perdía bajo la cintura de los pantalones. ¿Con quién había tenido que hablar en su noche de bodas?, se preguntó Tamsin sintiendo la habitual punzada de celos en el estómago. ¿Habría llamado a Donata? ¿O tenía más amantes en Florencia?

Tamsin se tambaleó insegura en la puerta. Los ojos de Bruno se clavaron en ella, entrecerrados y brillantes, y admiraron las curvas sinuosas que se adivinaban bajo la tela transparente. Su cuerpo reaccionó al instante y él deseó tirar de ella, tenderla a su lado y quitarle la exquisita prenda de seda que acariciaba los muslos femeninos y sostenía sus senos, mostrándolos como dos melocotones redondos y maduros. Bruno deseó descubrir cada centímetro de su cuerpo y enterrar la cara en su piel delicada y satinada, pero sabía que no tenía derecho a tocarla, y los remordimientos que se habían ido intensificando en su interior desde su conversación con James Grainger lo paralizaron.

–Ven a la cama –dijo apartando las sábanas–. Estás agotada, *cara*, y no es bueno para el niño.

Claro, el niño era lo único que le interesaba, se dijo Tamsin deslizándose entre las sábanas y cubriéndose hasta la barbilla. Sin duda el camisón no había logrado disimular su gordura y su cansancio, se dijo, con lágrimas en los ojos. Los cerró con fuerza, rezando para que Bruno la creyera dormida cuando saliera del cuarto de baño.

Unos minutos más tarde el colchón se hundió y Tamsin lo sintió inclinarse sobre ella y depositar un breve beso en sus labios.

–¿Ya estás dormida? ¡Sí que estás cansada! –comentó divertido–. Que descanses.

Con medio kilómetro de separación entre ellos, Tamsin no sabía si Bruno llevaba algo de ropa, pero la idea de que pudiera estar desnudo a su lado la excitó hasta el punto de impedirle conciliar el sueño. Mentalmente recordó la ceremonia de la boda hasta que el sueño se apoderó de ella.

De repente ya no estaba en el registro, sino en una iglesia. Bruno caminaba por el pasillo a grandes zancadas, alejándose del altar y de ella, y ella corría tras él, sollozando su nombre y suplicándole que no la dejara. Pero cuando le dio alcance, él se volvió en redondo y no era Bruno, era...

–¡Neil!

–Dios mío, Tamsin, despierta. No puedes seguir así, no es bueno para el niño.

Lentamente Tamsin abrió los ojos y miró a Bruno. Tenía las mejillas empapadas y la garganta seca, pero su mente estaba nublada y no sabía por qué había estado llorando.

–Estaba soñando –susurró tratando de recordar el sueño y pensando que estaría relacionado con su aborto–. Perdona por haberte despertado –nunca había visto a Bruno tan enfurecido y se mordió el labio–. Ya te dije que debería dormir en otra habitación.

Bruno no discutió.

–Mañana le diré a Battista que te la prepare –le espetó él–. Ahora duérmete.

Bruno le dio la espalda y apagó la luz. La habitación quedó sumida en la más profunda oscuridad, que era como él se sentía, con una sensación amarga y abrasadora en el gaznate, como si hubiera bebido veneno. ¿Por qué tenía que importarle que ella siguiera soñando con su ex marido?, se preguntó furioso. Ya sa-

bía que la infidelidad de Neil le había partido el corazón, ella misma se lo había dicho. ¿Seguiría enamorada de él, a pesar de su despreciable comportamiento
con ella? ¿Era ése el motivo de las lágrimas que brillaron en sus ojos cuando la besó al final de la ceremonia
nupcial? ¿Acaso deseaba que fuera Neil quien prome-
tiera pasar con ella el resto de su vida en lugar de él?

Pero se había casado con él, se dijo Bruno con fuerza.
Estaba embarazada de él, y a él lo único que le importaba era el bienestar y la salud de su hijo. Una vez que
dejó aquello claro, se tendió sobre la espalda y miró al
techo, esperando que llegara el sueño. Pero el sueño no
llegó, y el amanecer lo sorprendió con la sensación de
llevar una pesada carga en el pecho que apenas le dejaba respirar.

Capítulo 12

CUANDO Tamsin abrió los ojos a la mañana siguiente, estaba sola. El único indicio de que Bruno había pasado la noche a su lado era una ligera marca en la almohada. Por un momento pensó si le molestó que le despertara en mitad de la noche, pero ella ni siquiera era capaz de recordar el sueño que la despertó gritando y sollozando en plena noche.

Oyó la lluvia caer contra los cristales de la ventana y cuando abrió las cortinas vio que una densa cortina de agua caía sobre el paisaje toscano. El río que normalmente se deslizaba tranquilamente por la ladera de la colina donde se alzaba la villa bajaba con más agua que nunca, precipitándose entre remolinos de espuma blanca que se formaban a lo largo del cauce en dirección al valle.

Cuando bajó a la cocina encontró a Bruno allí, enfundado en unos vaqueros negros y un jersey a juego, con el pelo cayéndole sobre la cara, sin afeitar y con ojeras, pero tan sexy como siempre. Inmediatamente Tamsin se dio cuenta de que los pantalones anchos y el blusón que llevaba no la favorecían demasiado, y rápidamente se sentó en una silla frente a él para ocultar el vientre hinchado.

Aunque a ella no le importaba que se notaran los signos visibles de que su hijo crecía día a día en su vientre, Bruno no parecía pensar lo mismo, y deseó que dejara de mirarla.

–Será mejor que decidas qué habitación quieres –dijo él tenso mientras le servía un vaso de zumo y le untaba una tostada con mantequilla–. Dejaré que seas tú quien le diga a Battista que te vas a instalar en otra habitación. Pero no te canses –le advirtió pasándole la mermelada de cereza, que era la favorita de Tamsin–. De todas maneras no hay prisa. Ahora vuelvo a Florencia. Mañana por la mañana tengo una reunión a primera hora –continuó ante la mirada sorprendida de Tamsin–, y antes tengo que prepararla. Después iré a París, y después a Ámsterdam, por lo que no volveré hasta el fin de semana. Puedes seguir durmiendo en mi habitación sin que nadie te moleste.

Tamsin se ruborizó y dejó la tostada sin apenas tocarla. La imagen de Bruno corriendo a reunirse con Donata en su apartamento le había quitado por completo el apetito.

–Llevaré mis cosas a otra habitación en cuanto te vayas –dijo ella sin mover un músculo–. Quiero tener mi propio espacio.

–Como quieras –Bruno se levantó–. Me voy, y así tendrás todo el espacio que puedas desear.

Se puso la cazadora de piel bajo la atenta mirada de Tamsin, que anhelaba por encima de todo echarse en sus brazos y suplicarle que se quedara con ella. Su matrimonio había tenido un pésimo comienzo, y ahora no sabía cómo arreglar la situación.

–Es una suerte que no hayamos preparado una luna de miel, si estás tan ocupado –masculló ella entre dientes.

Bruno se volvió desde la puerta y la miró.

–Una luna de miel es la forma de empezar un matrimonio normal, pero como tú misma dijiste, *bella*, el nuestro no es un matrimonio normal. Nuestra noche de bodas ha sido prueba de ello.

–¿Lo dices porque no hicimos nada? –le espetó ella, dolida por la indirecta.

–Lo digo porque te pasaste la noche soñando con tu ex marido –respondió él irritado antes de salir y cerrar la puerta principal de un portazo tan fuerte que toda la villa se estremeció.

¿Qué narices quería decir? Tamsin se acercó a la ventana y lo vio alejarse en su coche. Era imposible que hubiera soñado con Neil, aunque a veces aparecía en algunas de sus pesadillas. Casi se atrevía a pensar que Bruno parecía celoso, aunque eso era entrar en el reino de la fantasía, reconoció dirigiéndose al primer piso. No sabía si él tenía una reunión de trabajo al día siguiente o si corría a verse con su amante, y aunque se dijo que no le importaba, fue incapaz de reprimir las lágrimas al enterrar la cara en la almohada de Bruno y llorar por lo que hubiera podido ser su matrimonio si él la amara.

Un par de horas después, más serena, recorrió la casa antes de elegir una habitación con baño y un vestidor contiguo que podría ser una excelente habitación para Stefano, al menos durante sus primeros años de vida.

Después volvió a la cocina. Battista parecía especialmente preocupada.

–Esta lluvia es muy mala –dijo la mujer retorciendo las manos cuando Tamsin le preguntó qué le ocurría–. En el valle el río está a punto de desbordarse –le explicó secándose los ojos con el delantal–, y la casa de mi hija está junto al río. Tengo miedo por Carissa y por los niños –sollozó–. Carlo sólo tiene unos meses, y seguro que las niñas están asustadas. Guido iría a por ellas, pero el otro día se hizo daño en la espalda y tiene que hacer reposo –continuó mientras seguían rodándole las lágrimas por las mejillas arrugadas.

Instintivamente Tamsin la abrazó.

–Yo iré a buscar a su hija y los niños y los traeré aquí –le dijo tratando de tranquilizarla–. Nosotros estamos en alto, y supongo que aquí no llegará el agua.

Rezó para sus adentros para que Bruno hubiera llegado sano y salvo a Florencia y pensó en llamarlo más tarde. Y si era Donata quien respondía al teléfono, al menos así entendería las prisas de Bruno para dejarla tan pronto.

–No puede ir, señorita. El señor nunca lo permitiría.

–Pero no está aquí, y no se tiene que enterar. Por favor, no te preocupes, Battista. Iré en el coche de Guido y volveré con los niños y Carissa enseguida.

Bruno estaba con los ojos en la pantalla del ordenador, pero se dio cuenta de que había leído el mismo párrafo tres veces y parecía incapaz de concentrarse en los detalles del proyecto que tenía entre manos y al que tanto tiempo había dedicado los últimos meses. Lo peor era que le daba exactamente igual que la Casa Di Cesare abriera una nueva tienda en los Campos Elíseos de París.

Nada le importaba, reconoció. Al menos las cosas que siempre fueron sus prioridades, fundamentalmente el trabajo y su decisión de convertir a su compañía en una de las empresas más rentables del sector.

En cuestión de meses nacería su hijo, se recordó, y él sería un buen padre para el pequeño Stefano, igual que su padre lo fue con él. Aunque él nunca permitiría que nada ni nadie se interpusiera entre los dos.

Su hijo sería lo más importante de su vida. Por eso se había casado con Tamsin, únicamente por eso, se repitió una vez más con firmeza. Pero al ponerse de pie y contemplar la lluvia que caía con fuerza sobre Florencia supo que era mentira.

Saber cuánto se había equivocado con ella lo estaba recomiendo por dentro. Ahora era consciente de que la había juzgado en base al comportamiento de Miranda con su padre y al recordar la crueldad con que la había tratado se dijo que no debía extrañarse de que ella hubiera pasado las semanas anteriores a la boda llorando y tratando de evitarlo.

¿Había alguna posibilidad de salvar el matrimonio? Durante el trayecto hasta la villa Bruno había sido optimista y albergado la esperanza de poder hacer las paces con ella, disculparse por su comportamiento y restablecer la tenue amistad que se creó entre ellos en el mes que fueron amantes. Pero eso fue antes de descubrir que Tamsin seguía soñando con su ex marido.

¿Por qué tenía que importarle que ella siguiera enamorada de Neil Harper?, se preguntó paseando nervioso por el estudio. Al menos así evitaba la posibilidad de que se enamorara de él.

Unos golpes en la puerta lo sacaron de sus pensamientos y Bruno se vio obligado a mirar y sonreír a su mayordomo.

–Salvatore, ¿cómo estás? Siento lo de tu madre. ¿Volvió toda la familia a Sicilia para el funeral?

–Sí, vinieron todos. A mi madre le hubiera gustado verlos a todos reunidos –respondió Salvatore con seriedad–. Señor, no he vuelto a verle desde su viaje a Estados Unidos. Tuve que ir a Sicilia antes de su regreso, pero... –el mayordomo titubeó, y después dijo–: Debo decirle algo.

Dos horas más tarde Bruno se detuvo en seco delante de Villa Rosala y saltó del coche, ajeno a la lluvia y el viento que azotaban con furia la zona. Corrió hacia la casa y se tranquilizó al ver las luces encendidas e imaginar a Tamsin acurrucada delante de la chimenea del salón.

Habría llegado antes si no hubiera llamado a su prima Donata para advertirle de que, si volvía a mentir, o incluso dirigirle la palabra a su esposa, se quedaría sin el sueldo mensual que recibía generosamente de la fortuna Di Cesare. No entendía por qué Donata se había inventado aquella historia increíble de que estaban prometidos, pero la muy ladina había conseguido que Tamsin la creyera.

Recordó la ligera irritación que sintió la noche anterior a su viaje a Estados Unidos, cuando Donata se presentó inesperadamente en su apartamento con la historia de una ruptura sentimental y le pidió que le permitiera dormir allí. Bruno se fue a la mañana siguiente antes de amanecer sin verla, pero según el relato de Salvatore, Donata había ido a su habitación vestida «como una mujer de la calle». Cuando Tamsin llegó al apartamento poco después, le había contado Salvatore, Donata le hizo creer que había pasado la noche con Bruno.

¿Para qué habría ido Tamsin a Florencia?, se preguntó Bruno con curiosidad. ¿Para decirle personalmente que pensaba volver a Inglaterra para continuar con su carrera profesional, o tenía otra razón? De repente sintió la necesidad de conocer el verdadero motivo y salió disparado hacia la villa.

Nada más abrir la puerta principal Battista salió a su encuentro llorando desconsoladamente.

–¿Dónde está la señora? –le preguntó él preocupado.

Entre sollozos Battista le contó que Tamsin había ido al pueblo a buscar a su hija y a sus nietos, y entonces se recordó la fuerza con que el río bajaba hacia el valle.

–No sé qué ha pasado –continuó Battista, aunque él

ya estaba otra vez junto a la puerta–. El teléfono no funciona y la señora se ha ido hace horas.

Bruno no oyó los últimos sollozos de su ama de llaves. Ya estaba frente al volante de su coche y conduciendo todo lo rápido que la estrecha carretera le permitía. Los haces de luz de las faros iluminaban la oscuridad, y al girar una curva Bruno vio el pequeño coche de Guido medio sumergido en el río y se le heló la sangre en las venas.

–Cielos, Tamsin, ¿dónde estás?

Gritó su nombre una y otra vez y, al no obtener respuesta, se deslizó por el terraplén de lodo y matorrales e iluminó la ribera con una linterna hasta que la fuerte corriente del río y la crecida lo obligaron a volver al coche.

¿Por qué había salido sabiendo que el río estaba a punto de desbordarse? Sin duda para salvar a los nietos de Battista, reconoció, una reacción que no encajaba en absoluto con la mujer egoísta y sin escrúpulos que él creyó. Al contrario, tal y como le había dicho James Grainger, Tamsin era la mujer más generosa que había conocido. ¿Cómo no se había dado cuenta antes?

Con las ropas empapadas y maldiciéndose por su ceguera, logró conducir hasta el pueblo, y allí se dirigió hacia el ayuntamiento, donde las luces y las voces le indicaron que muchos de los habitantes del lugar se habían refugiado allí.

–¿Habéis visto a mi esposa? Es inglesa, de pelo rubio... –se abrió paso entre la piña de atemorizadas personas reunidas allí.

Tenía que estar allí. No podían haberse ahogado en el río, ni Tamsin ni su hijo. Sin ellos, sin ella, su vida no tendría sentido.

–Tamsin, ¿dónde estás? –gritó para hacerse oír entre las voces.

–Bruno, estoy aquí.

Bruno giró en redondo y la vio totalmente cubierta de barro, de la cabeza a los pies, sentada con la hija y los nietos de Battista, sonriendo al bebé de Carissa. Sonriendo... como él no la había visto desde hacía tiempo.

–Amor mío –a ciegas fue hacia ella, la abrazó y le apretó contra su corazón.

La presa que había reprimido sus emociones durante tanto tiempo se resquebrajó y Bruno enterró la cara en la melena rubia de Tamsin, sollozando.

–Bruno, cariño –dijo ella con la voz resquebrajada–. Stefano está bien. No para de darme patadas, mira –le llevó la mano al vientre–. ¿Lo notas? Lo siento –murmuró mirando incrédula las mejillas mojadas de su marido.

–Temía haberos perdido a los dos –confesó él, y la besó con una ternura que tenía sabor a barro y a lágrimas, aunque no sabía si eran de ella o de él.

Tamsin lo miraba como si hubiera perdido el juicio, y quizá así era, pensó él levantándola en brazos y dirigiéndose hacia la puerta del ayuntamiento. ¿Qué otra explicación podía haber para el júbilo y la euforia que sentía? No creía en el amor, pero todo lo que quería estaba en sus brazos, y nunca, nunca la dejaría marchar.

Después Tamsin apenas podía recordar el trayecto de regreso a Villa Rosala, pero al ver el coche de Guido medio hundido en el río recordó los terribles momentos en los que temió por su vida y la del pequeño Stephano.

–Ya ha pasado todo, y éstas a salvo, gracias a Dios –le tranquilizó Bruno al oírla sollozar.

Cuando llegaron a casa, la subió a su dormitorio

mientras Battista abrazaba a su hija y a sus nietos que habían ido a la villa también en el coche de Bruno.

Bruno continuó en silencio mientras le quitaba las ropas empapadas de barro antes de quitarse las suyas, pero en sus ojos brilló el deseo de siempre que la miraba.

–Luego –le prometió metiéndose con ella en la ducha–. Primero tenemos que lavarte. No hueles muy bien, *bella* –bromeó pasándole el jabón por el pecho y el vientre hinchado.

–No, estoy gorda –susurró ella cohibida, pero Bruno le obligó a bajar las manos y la miró, sin ocultar su erección.

–Estás embarazada de mi hijo y nunca has estado más hermosa –le dijo.

–Bruno, bésame, por favor.

Aquella noche había estado al borde de la muerte, pero por algún milagro inexplicable, logró salir por la ventanilla del coche y nadar a contracorriente hasta la orilla. La vida le había dado una segunda oportunidad, y no iba a desaprovecharla.

Cuando Bruno estiró los brazos hacia ella, Tamsin le rodeó la cintura con los suyos y le ofreció la boca, sin importarle que su ferviente reacción revelara los secretos de su corazón. Abrió la boca y recibió las caricias de la lengua masculina hasta que los dos quedaron temblando de deseo. Entonces Bruno salió de la ducha, la envolvió en una toalla y la llevó hasta la cama.

La depositó sobre el lecho como si fuera una delicada porcelana, pero en lugar de tumbarse a su lado, se puso la bata y fue hacia la puerta.

–Voy a preparar un té mientras terminas de secarte –dijo él–. Tengo que cuidar de ti.

Tamsin no quería que cuidara de ella, quería que le hiciera el amor de forma salvaje y apasionada, aunque probablemente Bruno se refería a que tenía que cuidar de su hijo. Cuando se quedó sola se secó el pelo y se puso el camisón que le regaló Jess antes de meterse en la cama. No sabía si Bruno esperaba que ella se hubiera trasladado a otra habitación, como le dijo en su última conversación. Si era así, se iba a llevar una decepción, porque ella era su esposa y su sitio estaba en su cama, y ni siquiera el espectro de su hermosa prima sería suficiente para que ella dejara de luchar por él.

Cuando Bruno volvió unos minutos después con una bandeja, Tamsin lo miró a la cara y su pulso se aceleró al ver que él se tumbaba en la cama a su lado. Todos sus sentidos se hicieron eco de la cercanía, y Tamsin bebió un sorbo de té tratando de no imaginar el cuerpo masculino desnudo bajo la bata.

Ahora que estaba a salvo no paraba de dar vueltas a lo ocurrido en el pueblo. El evidente alivio en el rostro masculino al verla en el ayuntamiento había estado mezclado con otra emoción indefinible que le dio esperanzas, aunque enseguida se dijo que la preocupación era sólo por su hijo. Ahora aquella expresión estaba de nuevo en su mirada, y Tamsin temblaba con tal intensidad que tuvo que dejar la taza para no derramar el té.

—Tengo que saber una cosa, Tamsin —dijo él tomándole una mano y acariciándole la muñeca con el pulgar—. ¿Por qué fuiste a Florencia la mañana que me iba a Estados Unidos?

—¿Cómo lo..? —Tamsin se interrumpió y se mordió el labio—. Oh, te lo ha dicho Salvatore.

Bruno asintió.

—Me dijo que viste a mi prima.

Como Tamsin no respondió, Bruno le sujetó por la barbilla y la miró a los ojos.

—Donata te mintió. No me acosté con ella, ni aque-

lla noche ni nunca. Nunca ha habido nada entre nosotros.

–Pero me dijo que ibais a casaros –balbuceó Tamsin–. Y que tú tenías una debilidad por las rubias. Que
yo sólo era una más en la larga lista de mujeres que habían pasado por tu cama y que yo no era nada para ti.
Pero eso ya lo sabía –se apresuró a añadir con un nudo
en la garganta.

Con una maldición Bruno se puso en pie y empezó
a pasear nervioso de un lado a otro hasta que se volvió a
mirarla.

–Tenía razón cuando dijiste que yo estaba decidido
a pensar lo peor de ti –le confesó de repente–. Tenía
sospechas sobre los motivos de tu amistad con James,
pero si lo hubiera pensado mejor, si hubiera hablado
con gente que te conocía, incluso con James... –se interrumpió–. Pero cuando te vi en la boda de Davina supe
que eras especial.

Se acercó hasta la cama y la miró desde su altura.

–¿Fuiste a Florencia porque esperabas verme? –preguntó mirándola fijamente como si quisiera leerle el pensamiento.

Tamsin titubeó un momento, y después levantó la
barbilla.

–Sí. Quería... Iba a decirte que había decidido quedarme contigo en la villa. Sin esperar un futuro juntos
–reconoció ella con la voz ronca–. Pero quería estar
contigo, y eso era lo único que me importaba.

–Pero en lugar de encontrarme a mí encontraste a
Donata y creíste sus mentiras –dijo Bruno.

–Fue muy convincente –Tamsin tragó saliva–. Y
parecía lógico que tuvieras otra amante. Neil me fue
infiel desde el primer día, y tú y yo..., bueno, no nos
habíamos hecho ninguna promesa. Neil destruyó mi
dignidad con sus mentiras, y yo pensé que tú eras igual.

–Yo no soy nada como tu ex marido –exclamó Bruno con impaciencia–. Y después de lo que me has contado de él, no puedo creer que sigas enamorada de él.

Tamsin lo miró perpleja.

–No estoy enamorada de él.

–¿Entonces por qué sigues soñando con él? ¿Por qué lo llamas en mitad de la noche y lloras cuando intento consolarte? –le reprochó él–. Antes de la boda te pasabas los días llorando por él, deseando casarte con él, y no conmigo. A veces me pregunto si no preferirías que el niño que crece en tu seno fuera suyo en vez de mío.

Tamsin sacudió la cabeza, sin entender muy bien sus palabras.

–No, estás equivocado, Bruno, yo no sueño con Neil. Ahora recuerdo que anoche, cuando dije su nombre, estaba soñando que tú me dejabas. Estaba llorando, y cuando te alcancé, era él, y me di cuenta de que nunca le había amado. En cuanto a lo de estar embarazada de él, lo estuve, durante quince semanas –susurró ella–. Cuando supe que tenía una aventura con una compañera de trabajo, me sumí en una depresión. Pero mantuve la esperanza de que terminara la aventura y se quedara conmigo y con el niño –la voz de Tamsin se quebró–. Cuando se lo dije, me contestó que no quería ese hijo, y que iba a pedir el divorcio –Tamsin cerró brevemente los ojos–. Después sugirió que abortara. Ese mismo día me fui, no podía soportar seguir en la casa que había compartido con él. Alquilé un piso y unas semanas después sufrí un aborto –encogió los hombros en un intento de ocultar el dolor que nunca le había abandonado–. Así que Neil consiguió lo que quería, que abortara. Imagino que mi continuo llanto ha tenido que ser irritante –murmuró ella–, pero este embarazo me ha recordado todo lo que ocurrió cuando perdí al primero, y lo que más miedo me daba era perderlo también. Desde luego no lloraba por Neil –añadió con firmeza, y después le preguntó–: pero incluso si así fuera, ¿por qué iba a importarte?

Bruno tardó en responder. Estaba junto a la ventana, mirando hacia la noche oscura, con los hombros rígidos por la tensión. Hasta que de repente volvió la cabeza y la miró.

–Porque te quiero, amor mío –dijo él con voz grave y temblorosa–, aunque Dios sabe que no quería enamorarme de ti después de lo de mi padre y Miranda –se acercó a la cama de nuevo sin dejar de mirarla a los ojos–. Hasta que te conocí.

–E inmediatamente decidiste que yo era una cazafortunas, como tu madrastra –dijo Tamsin.

–Creo que desde el principio supe que no eras como ella –reconoció sombríamente–. Pero tenía que creerlo para no amarte. No quería convertirme en un tonto como mi padre, y me resistí a amarte, convencido de que lo que había entre nosotros era sólo sexo.

Por primera vez Tamsin albergó una débil esperanza de que las palabras de Bruno fueran auténticas y no una cruel tomadura de pelo.

–Tenía que haberme dado cuenta de que era más que eso, porque cuando te hacía el amor era con mi corazón además de mi cuerpo –añadió con intensidad.

Oh, Dios. Bruno parecía esperar que ella dijera algo, pero Tamsin tenía las palabras atrapadas en su interior. Él se sentó a su lado y apartó las sábanas.

–El mes que vivimos juntos como amantes fuimos felices –continuó él–. Y sé que puedo hacerte feliz otra vez, Tasmin –le acarició la cara y le tomó la mandíbula con la mano–. Cuando me dejaste me dije que así era mejor, porque no quería amarte. Pero desde entonces dominas por completo mis pensamientos y mis sueños y cuando viniste a verme en Londres y me dijiste que estabas embarazada me diste la excusa para obligarte a volver a mi vida de nuevo, para siempre.

–Bruno... –Tamsin seguía sin comprender que él la amaba.

–Dame otra oportunidad –suplicó él con desesperación–. Sé que te han hecho daño y que no merecías el trato que te di, pero te quiero más que a la vida, y si me dejas te enseñaré a amarme.

Incluso cuando quería mostrarse humilde sonaba arrogantemente seguro de sí mismo, pero la vulnerabilidad que Tamsin vio tras sus palabras la desarmó por completo.

–Querido Bruno –le trazó la línea de los labios con el dedo–. No necesito que me enseñes a amarte porque me enamoré de ti el día que te conocí, en la boda de Davina –confesó ella–. Aunque ha habido momentos en los que te he odiado, nunca he dejado de quererte y nunca lo haré. Tú eres mi vida –le aseguró–. Ámame, Bruno.

Y lo besó con toda la intensidad y todo el amor que se había acumulado en su interior. Bruno no necesitó más para acariciarle fervientemente el cuerpo con las manos.

–*Cara mia*, no merezco tu amor –dijo él con la voz pastosa–. Pero te amo y te amaré el resto de mi vida. No sabes cuántas noches he pasado despierto soñando contigo –continuó bajándole las tiras del camisón por los brazos y dejando sus senos al descubierto–. Podría morir de deseo por ti.

Con la lengua Bruno lamió los pezones sensibles y erectos hasta que ella se arqueó y sollozó su nombre. Cuando él la desnudó por completo, le besó la curva hinchada del vientre entre palabras de amor.

Y después se deslizó hacia abajo. Tamsin perdió la noción del tiempo y el espacio cuando él le separó las piernas y le acarició el clítoris con la lengua antes de adentrarse en ella. Cuando por fin se tendió sobre ella y la penetró, rugió su nombre y le sujetó las nalgas, moviéndola rítmicamente con él hacia las cimas del placer hasta que él perdió por completo el control de sí mismo y se derramó en ella mientras Tasmin se dejaba inundar por las fuertes oleadas de placer.

—No llores, amor mío —le suplicó él cuando por fin sus jadeos se relajaron.

Tendiéndose en la cama de espaldas, la sujetó con un brazo y la pegó a él. Así sintió las lágrimas femeninas en el pecho.

—Hoy me he enfrentado a la desolación y el desconsuelo de pensar que te había perdido, pero el destino me ha dado una segunda oportunidad y nunca dejaré que te apartes de mi lado —la besó en los labios con infinita dulzura—. Mi corazón te pertenece, *cara*.

—Y el mío a ti —susurró ella—, para siempre.

Epílogo

STEFANO Giancomo Di Cesare llegó al mundo una bonita mañana de primavera en un parto sin complicaciones y enseguida demostró que había heredado la testaruda determinación de su padre a conseguir lo que quería además de un buen par de pulmones.

De regreso a Villa Rosala, después de dejar al bebé durmiendo en su cuna, Bruno preguntó a su esposa:

–¿Qué te parece la idea de pasar seis semanas en Bahamas? He pensado que podríamos combinar la luna de miel con nuestras primeras vacaciones en familia –añadió con una sonrisa.

Bruno estaba orgulloso de reconocer que estaba tan encantado con su hijo como Tamsin y no sentía el menos deseo de separarse de él ni un solo día.

–Me parece perfecto –dijo ella, echando una última ojeada a la cuna–. Stefano es precioso, ¿verdad? Dentro de un año me gustaría darle un hermanito. ¿Qué te parece?

Bruno estaba ocupado desabrochándole la blusa y le sonrió mientras se la bajaba por los hombros.

–Stefano es perfecto, pero creo que debemos practicar mucho para tener otro, *cara*, empezando desde ya.

Cuando él la rodeó con los brazos, Tamsin no tuvo más remedio que darle la razón.

Bianca™

Sabía que no era en absoluto el tipo de mujer despampanante que le gustaría a un hombre como él…

El ejecutivo Harry Breedon era increíblemente rico y guapo… y nunca había mostrado el menor interés fuera de lo profesional en su eficiente secretaria, Gina Leighton. ¿Por qué iba a hacerlo?, pensaba ella. Era una chica corriente y algo gordita.

Pero Harry sí se había fijado en ella… y en sus sexys curvas. Tendría que actuar rápidamente si no quería que Gina aceptase la oferta de trabajo en Londres que había recibido. El multimillonario empresario estaba decidido a convencerla de que no se marchara… aunque para ello tuviese que casarse con ella.

Prioridad: seducción

Helen Brooks

Acepte 2 de nuestras mejores novelas de amor GRATIS

¡Y reciba un regalo sorpresa!

Oferta especial de tiempo limitado

Rellene el cupón y envíelo a
Harlequin Reader Service®
3010 Walden Ave.
P.O. Box 1867
Buffalo, N.Y. 14240-1867

¡Sí! Por favor, envíenme 2 novelas de amor de Harlequin (1 Bianca® y 1 Deseo®) gratis, más el regalo sorpresa. Luego remítanme 4 novelas nuevas todos los meses, las cuales recibiré mucho antes de que aparezcan en librerías, y factúrenme al bajo precio de $3,24 cada una, más $0,25 por envío e impuesto de ventas, si corresponde*. Este es el precio total, y es un ahorro de casi el 20% sobre el precio de portada. !Una oferta excelente! Entiendo que el hecho de aceptar estos libros y el regalo no me obliga en forma alguna a la compra de libros adicionales. Y también que puedo devolver cualquier envío y cancelar en cualquier momento. Aún si decido no comprar ningún otro libro de Harlequin, los 2 libros gratis y el regalo sorpresa son míos para siempre.

416 LBN DU7N

Nombre y apellido	(Por favor, letra de molde)	
Dirección	Apartamento No.	
Ciudad	Estado	Zona postal

Esta oferta se limita a un pedido por hogar y no está disponible para los subscriptores actuales de Deseo® y Bianca®.
*Los términos y precios quedan sujetos a cambios sin aviso previo.
Impuestos de ventas aplican en N.Y.

SPN-03   ©2003 Harlequin Enterprises Limited

Deseo™

La chica de al lado

Peggy Moreland

Mandy sabía que lo único que conse-
guiría trabajando para Jase Calhoun,
de quien una vez había estado enamorada, sería acabar con el corazón
roto. Para el rico ranchero ella siempre había sido sólo la tímida vecina.
Pero entonces salió a la luz un secreto
sobre el pasado de Jase y el guapo
texano decidió que la mejor manera
de olvidar sería acostarse con Mandy.

HARLEQUIN Deseo
TIERRAS TEXANAS

La chica de al lado
Peggy Morelan

**Ahora que se había acostado con su jefe,
¿cómo podría seguir trabajando para él?**